정직한 사기꾼

DEN ÄRLIGA BEDRAGAREN (THE TRUE DECEIVER)
by Tove Jansson
Introduction by Susanne Ringell

Copyright © Tove Jansson 1982, Moomin Characters ™
Introduction copyright © Susanne Ringell 2018
All rights reserved.

Korean Translation Copyright © Minumsa 2021

Korean translation edition is published by arrangement with
R & B LICENSING AB through Seoul Merchandising Co., Ltd.

정직한 사기꾼

토베 얀손

안미란 옮김

민음사

마야에게

소개하는 말

개와 남동생과 배. 이름 붙이기.

토베 얀손은 인색함이라고는 몰랐다. 말은 아꼈지만, 인색하지는 않았다. 『정직한 사기꾼』(1982)이라는 이 소설의 제목부터가 최고의 선물이다. 이 제목에 어떤 역동성, 활기라거나 상반된 감정, 긴장이 더 필요하겠는가! 나는 깊은 물 같은 이 책, 이 이야기의 카타르시스 속으로 뛰어들기도 전에 이미 사로잡혔다. 비록 두께로 보면 대양이 아니지만, 이 책은 충분히 넓은 바다다. 바다는 탁 트여 있지만 위험하다. 미끌미끌한 거짓말과 반쪽짜리 진실이라는 흉한 물고기들을 숨겨 놓은 진흙 구덩이를 곳곳에 품고 있다.

제목의 '정직'과 '사기'. 보통은 뚜렷이 구별되는 상반된

두 단어의 충돌이 나를 매혹한다. 이 충돌로 두 극의 좌표가 바로 결정되며, 그 사이에서 텍스트가 움직인다. 또한 예술가의 음파 탐지기는 그 핵심을 이루는 주제, 즉 심연으로 내려가서 진실과 거짓의 관계를 탐구하고, 이 둘의 전제 조건에 귀 기울이며, 우리 내면의 물이 너무나 오염되었을 때 인생의 거짓이 일으킬 수 있는 산소 부족을 측정한다.

바다 밑바닥.

우리는 무엇을 밑바닥으로 삼고 있을까? 그 밑바닥은 살아 있을까, 죽어 있을까?

진정한 연구자다운 양심으로, 토베 얀손은 이 탐구가 알려 주는 결론을 피하지 않는다.

토베는 뻔한 이야기로 지루하게 하지 않으며, 비본질적인 것들에 관심을 두지도 않는다. 이것이 바로 토베의 강점이다. 여기서 좋다는 것은 아름답다는 뜻이기도 하다. 이 책은 읽기에 거슬린다. 주인공이 선한 목적을 가지고 있음을 알아도, 그의 수상한 계산은 어딘가 불편하고 불순한 느낌을 준다. 하지만 『정직한 사기꾼』에는 감정을 정화시키는, 어떤 의미에서 고대극적 요소도 있다. 등장인물이 죽지는 않지만, 주위에서 여러 가지가 죽어 간다. 인생의 거짓뿐 아니라 꼭 필요한 꿈들까지도.

입센은 『들오리』에서 말했다. "사람에게서 인생의 거짓을 빼앗으면 죽는다." 노르웨이 극작가인 그는 주제 면에서 얀손의 책과 영혼의 남매라고 할 수 있다. 입센의 『들오리』 역시 『정직한 사기꾼』과 유사하다. 그것은 바로 진실에 대한 갈망이다. "네가 지금 무엇이고 과거에 무엇이었는지, 그 모든 것을! 파편이나 일부가 아니라."

이 말은 이 소설의 두 주인공 중 한 사람인 카트리의 모토가 될 수도 있으리라. 그의 인생관이라 할 수 있는 냉혹함, 아무것도 피하지 않는 단호함과 함께. 이런 태도는 결국 주위 사람들이나 이 책의 다른 주인공인 예술가 안나에게만 영향을 미치지 않고, 카트리 자신에게 가장 심각하고 파괴적인 결과를 가져다준다.

전쟁과 사랑에는 모든 수단이 허락된다. 드라마가 진행되면서 카트리도, 안나도 변한다. 둘 중 누구도 상대방이 변한다는 사실을 반기지 않는다. 또한 자신들의 변화에 겁을 먹는다. 카트리는 이제 계산을 잘하지 못한다. 안나는 더 이상 읽지도, 그림을 그리지도 않는다. 안나의 꽃무늬 토끼들은 보들보들하고 기다란 귀로 그의 목을 조른다. 예전에는 친구였고 우정의 상징이었는데. 그러나 이 모든 사건은 내가 상상할 수 있었던 것보다 밝은 화음으로 끝난다.

노동이, 창조가 승리하는 것이다.

신선한 바닷물. 그리고 새로운 물이 흘러들어야 하는 갇힌 민물. 토베 얀손은 나를 생명체가 가장 풍성한 곳, 짠물과 민물이 섞이는 기수역으로 이끈다. 병약과 건강, 거짓과 진실이 서로 뒤섞인 채 아무도 벗어나지 못한다. 결국 바다만이 남는다.

아름다운 바다.

마츠와 그의 배.

마츠는 주변적 인물로 보일 수도 있지만, 전혀 그렇지 않다. 카트리의 남동생인 마츠는 줄거리의 촉매다. 그는 주변인이다. 그에게는 선이 있고, 자신의 꿈을 투영한 설계도에 이 선을 그려 넣는다. 이는 안나의 눈에도 띈다.

"이 선은 괜찮네."

"현호라고 불러요." 마츠가 대답했다.

안나는 고개를 끄덕였다. "멋진 단어네. 일터에서 쓰는 전문 용어가 얼마나 아름답고, 현상을 객관적으로 표현할 때가 많은지 생각해 보았니? 직업과 연장의 명칭, 색깔의 이름 같은 것들."

마츠는 안나에게 미소 지었다. 안나는 그림을 하나씩 넘기며, 설계도의 곡선이 굳건하고 끈기 있게 뻗어 나가서 마침내 궁극의 선을 이루는 모습을 보았다. 안나는 이제야 바깥 베란다에서 몰아치는 바람도 보았다. 같은 곡선이었다. 안나가 말했다.

"배가 아름답겠어."

카트리는 이들(안나와 마츠)의 공동체 밖에 위치한다. 그에게는 안나와 마츠가 공유하는 선도, 문학도 없다. 카트리를 두고는 적나라하게, 똑똑하지만 재능이 없다고 말한다. 나는 카트리를 싸늘하고 외로운 갈매기라고 하겠다.

주변적 인물인 마츠는 거짓말을 하지 않는 유일한 인물이며, 성품도 행동도 자유롭다.

그는 참 행복했다. 그의 방에는 필요 없는 물건이라고는 전혀 없었다.

토베 얀손의 소설도 마찬가지다.

『정직한 사기꾼』의 새로운 출간은 반가운 일이다. 진실은 그 자체로 단순하며, 또한 어떤 문제를 성급하게 단순화하는 경향도 있다. 바로 그 진실이라는 것에 대한 이 책의 강력한 비판은 매우 시의적절하다. 젊었을 적에 토베 얀손은《가름》이라는 잡지에서 때때로 권력자들을 풍자했는데, 이 소설 또한 저자가 여러모로 위선과 허위에 능동적으로 꾸준히 저항해 왔음을 상기시킨다.

카트리는 몸을 돌리고 말했다. "말을 듣는다고요? 안나는 말을 듣는 것에 대해서는 아무것도 몰라요. 말을 듣는다는 것은 누군가를 완전히 믿고 일관성 있는 지시를 따른다는 뜻이지요. 마음 놓고 책임에서 자유로워지는 거예요. 그럼 단순해져요. 뭘 해야 하는지 알게 되죠. 무언가 하나만을 믿을 수 있을 때 생기는 안도감과 편안함 말이에요."

"하나만이라고요!" 안나가 외쳤다. "무슨 연설을 하시나요? 그리고 제가 왜 카트리의 말을 들어야 하죠?"

카트리는 차갑게 대답했다. "저는 개 이야기라고 생각했는데요."

여기서 언급되는 개는 셰퍼드인데, 책의 첫 부분에선 마치 늑대, 카트리의 말만 듣는 늑대 같다. 그리고 이름도 없다. 시간이 흐르면서 안나는 개에게 '테디'라는 이름을 붙인다. 카트리는 반대하지만, 안나는 개에게 던진 물건을 물어 오도록 가르친다. 안나가 할 수 있는 몇 가지 저항 중 하나다.

온갖 극단적인 국가주의 운동과 포퓰리즘이 범람하는 요즘, 토베 얀손은 세상이 우리 모두의 것임을 상기시킨다. 또한 세상이 복합적이라는 점을 이야기한다. 온갖 색상과 형태와 명암, 다양한 무채색과 어두움과 밝음이 있다. 단순하지 않다. 단순해서는 안 된다. 세상은 다양하게 창조되었으므로 우리의 과제란 눈을 뜬 채, 각자에게 주어진 너그러움을 통해 살아가면서, 한편 그 너그러움을 가지고 살아가기를 배우는 것이다.

안나는 앉아서 아침 안개가 숲에서 멀어지기를 기다렸다. 안나가 필요로 하던 침묵은 온전했다. 산만한 모든 것들이 들판에서 사라지자, 이제 움트려고 오래도록 기다려 온 생명체들이 축축하고 검은 땅에서 드러났다. 그 땅을 꽃무늬 토끼로 어지럽힐 수는 없었다.

수산네 링엘

차례

1

특별할 것 없는 어두운 겨울 아침, 눈이 계속 내렸다. 마을에는 불빛이 새어 나오는 유리창이 하나도 없었다. 카트리는 동생이 깨지 않도록 등불을 가렸다. 방은 아주 추웠다. 카트리는 커피를 끓이고, 보온병을 동생의 침대맡에 두었다. 문 앞에 누워 있는 큰 개는 발 사이에 코를 박고 카트리를 바라보며, 둘이 함께 나가기를 기다렸다.

바닷가 동네에는 한 달째 눈이 내렸다. 이렇게 눈이 많이 내린 기억은 누구에게도 없었다. 끊임없이 내리는 눈은 문에도, 유리창에도, 지붕 위에도 무겁게 쌓였으며, 잠시도 멈추지 않았다. 하늘은 골목에도 눈을 쏟아부었다. 조선소에서 일하기엔 너무 추웠다. 더 이상 아침이랄 것도 없었으니 사람들은 늦게 일어났고, 이 농장과 저 농장 사이로 눈이 그대로 쌓여 있었다. 아이들은 바깥에 나와서 터널과 동굴을 파고 소리를 지르며 담을 쌓았다. 금지된 일이지만, 아이들은 카트리 클링의 유리창에 눈 뭉치를 던졌다. 카트리는 남동생 마츠, 이름 없는 개와 함께 가게 주인집의 다락방에서 살고 있었다. 예전에는 개와 같이 길을 따라서 등대가 서 있는 곳까지 걸어갔다. 아침이면 매일 그렇게 했기에 사람들은 잠에서 깨어나 "눈이 또 오는데 여전히 개를 데리고 산책하네. 늑대 가죽 옷깃을 세우고." 하고 말하곤 했다. 개에게는 다 이름이 있는 법인데, 달리 이름을 붙이지 않다니 드문 일이었다.

하지만 카트리 클링은 숫자와 동생 외에 아무것도 관심이 없다고 했다. 사람들은 카트리의 눈동자가 왜 노란색일까, 궁금해했다. 마츠는 어머니처럼 푸른 눈이었고, 아버지의 생김새는 아무도 기억하지 못했다. 떠돌이였던 아버지는 나무를 사러 북쪽으로 간다더니 다시는 돌아오지 않았다. 이곳 사람들의 눈동자는 정도의 차이가 있더라도 대개 푸른 편인데, 카트리의 눈동자는 개의 눈처럼 노란색이었다. 카트리는 자기 주변의 세상을 실눈 뜨고 바라보았기 때문에, 회색보다 노랑에 가까운 그 눈이 원래 무슨 색인지 남들로서는 좀체 볼 수 없었다. 의심 많은 카트리는 갑자기 똑바로 쳐다보곤 했는데, 어떤 빛을 받으면 그 눈동자가 정말 노랗게 보였으므로 상대를 불안하게 했다. 카트리 클링이 자기 자신과, 여섯 살 때부터 스스로 보살피고 보호해 온 동생 외에는 누구도 믿지 않고 관심도 없음은 익히 알려진 사실이었으니, 사람들은 늘 거리를 두었다. 이름 없는 그 개가 꼬리 치는 모습을 본 사람은 아무도 없었다. 그리고 카트리 클링도, 개도 절대 타인의 친절을 받아들이지 않았다.

어머니를 잃은 이후로 카트리는 가게 일을 도왔고, 점차 경리 업무도 보조했다. 카트리는 계산이 빨랐다. 하지만 10월 이 되자 일을 그만두었다. 가게 주인은 카트리를 집에서 내보내고 싶어 하지만 대놓고 말하지 못하는 눈치였다. 남동생 마츠는 인정받지 못했다. 누나보다 열 살 아래인 열다섯 살이었는데 키가 크고 힘이 셌으며, 좀 단순한 아이라고 여겨졌다. 마츠는 마을에서 이런저런 일들을 했지만, 추위로 배 만들기를 중단해야 할 때가 아니면 대체로 릴리에베리 형제의 조선소에서 함께 시간을 보냈다. 릴리에베리 형제는 자질구레한 일들을 마츠에게 맡겼다.

베스테르뷔에서는 어업이 사라진 지 오래였다. 돈이 되지 않았으니까. 배를 짓는 조선소가 세 군데 있었고, 그중 한 곳은 겨울이면 선가(船架)에 배를 맡아 주거나 수리를 하기도 했다. 배를 제일 잘 만드는 이들은 단연 릴리에베리 형제였다. 네 형제 모두 미혼이었는데, 첫째 에드바르드는 배를 설계했다. 때로는 우편 버스를 끌고 읍내로 가서 가게 주인을 위해 물건을 실어 왔다. 가게 주인의 차이지만, 마을의 유일한 차이기도 했다.

베스테르뷔의 조선업자들은 자부심이 있었고, 배마다 예스럽게 W자를 표시했다. 마치 자신들의 마을이 이 나라 전체에서 가장 유서 깊은 베스테르뷔인 양. 여자들은 전통 무늬의 이불을 만들고 역시 W자로 표식을 남겼다. 6월이면 여름 철새 같은 사람들이 찾아와서 배도 사고 이불도 샀으며, 따뜻한 계절 내내 가벼운 여름 생활을 즐겼다. 8월 말이면 세상은 다시 고요해지고 평소로 돌아갔으며, 슬슬 겨울이 왔다.

이제 햇빛이 나는 아침 하늘은 어두운 푸른빛이 되었고 쌓인 눈도 반짝이기 시작했다. 사람들은 부엌에 불을 밝히고 아이들을 내보냈다. 눈덩이가 창문을 두드렸지만, 마츠는 계속 편안히 잠을 잤다.

'나 카트리 클링은 자주 밤에 누워서 생각을 하지. 아마 내 생각들은 밤에 하는 생각치고 지나치게 현실적일 거야. 난 보통 돈 생각, 큰돈 생각을 하니까. 어떻게 하면 빠르고 영리하고 정직하게 돈을 벌 수 있을까. 돈 생각을 할 필요가 없을 정도로 많이 벌 수 있을까. 그리고 모두에게 본때를 보여 줘야지, 나중에! 무엇보다 먼저 마츠에게 배를 해 줘야지. 바다를 누빌 수 있는 큰 배. 아담한 갑판실과 선내 발동기가 있는,

이 별 볼 일 없는 동네에서 지금까지 만들어 낸 것 중 가장 훌륭한 배. 밤이면 밤마다 창에 부딪치는 눈보라가, 바람이 바다로부터 실어 오는 눈의 조용한 속삭임이 들린다. 좋은 일이지. 마을 전체가 눈에 덮이고 사라져서 마침내 깨끗해졌으면……. 긴 겨울의 어둠은 그 무엇보다도 편안하고 무한해. 어둠이 끝없이 계속되어서, 마치 똑같은 어둠이 때로는 짙어져 밤이 되고 때로는 여명이 되는 터널 속에서 사는 것 같아. 우리는 모든 것으로부터 차단되어 보호받으며, 다른 때보다 더 고립되어 있다. 나무처럼 숨어서 기다리는 거지. 돈에서 악취가 풍긴다고들 하지만, 그건 틀린 말이야. 돈은 숫자만큼이나 깨끗해. 악취가 풍기는 건 사람들이지. 누구에게나 감춰진 악취가 있는데, 화가 나거나 부끄럽거나 두려울 때면 더욱 강해져. 개들은 이걸 즉시 알아채고, 내가 개라면 너무 많은 걸 알게 될 테지. 냄새가 없는 건 마츠뿐이야. 마츠는 눈처럼 깨끗하니까. 내 개는 크고 멋있고, 말도 잘 들어. 하지만 개는 나를 좋아하지는 않아. 우리는 서로를 존중할 뿐이니까. 나는 개의 비밀스러운 삶을 존중해. 큰 개들이 감추고 살아가는 타고난 야생성을 인정할 뿐, 나는 이 개들을 믿지 않아. 어떻게 경계심 가득한 큰 개들을 믿겠어. 사람들은 자신이 키우는 짐승에게, 이른바 인간에 가까운 특성이, 바꿔 말하면 고귀하고 호감 가는 성격이 있다고들 생각하지. 개들은 말이 없고 순종

적이지만, 우리를 오래 관찰해 왔으므로 우리를 알고, 우리가 얼마나 딱한지 그 냄새를 맡아 왔어. 사실 우리는 개들이 아직도 인간을 따르고 말을 듣는다는 데 놀라고 감동받고 압도되어야 할 거야. 어쩌면 개들은 우리를 무시할 수도 있지만, 차라리 용서하는지도 모르겠네. 아니면 책임질 필요 없는 상황을 편하게 여기는지도 모르겠고. 우리는 영원히 모르겠지. 개들은 우리를 느려 터진 딱정벌레들처럼 지나치게 크고 잘못 만들어진 딱한 존재로 여기는지도 몰라. 신으로 생각하지는 않겠지. 개들은 우리의 본질을 파악했을 수도 있고, 수천 년간 이어진 복종의 결과로 파괴적인 직관에 도달했을 수도 있어. 왜 아무도 자신의 개를 두려워하지 않을까? 야생 동물이었던 개가 얼마나 오랫동안 원래의 야생성을 부인할 수 있을까? 사람들은 자신의 개를 이상화하면서, 정작 개의 자연스러운 삶은 존중하지 못하고 놓쳐 버리지.— 벼룩을 잡고 썩은 뼈를 묻고 쓰레기에서 뒹굴고 텅 빈 나무에 대고 밤새도록 짖는 삶을……. 그러면서 자신들은 어떤 행동을 하지? 썩어 갈 물건을 몰래 묻고, 다시 파내서 또다시 묻고, 텅 빈 나무 아래에서 떠들어 댄다. 그리고 어디에서 굴러먹는지……. 나와 나의 개는 그런 사람들을 정말 경멸해. 우리는 비밀스러운 삶 속에 숨어 있고, 우리 자신의 깊숙한 야생성 안에 숨어 있다…….'

개가 일어나더니 문 옆에서 기다렸다. 둘은 계단을 내려가서 가게를 통과했다. 카트리는 현관에서 장화를 신었고, 그러는 내내 밤 시간의 무서운 공상이 끊임없이 이어졌다. 추운 바깥에 가만히 서서 겨울의 깨끗함을 들이마시는 카트리 곁으로 개가 다가섰다. 마치 누구도 범접할 수 없는 높고 검은 기념물처럼 보였다. 그 개는 목줄을 맨 적이 없었다. 아이들은 순간 조용해졌고, 눈을 헤치고 나아가더니 첫 번째 모퉁이에서 다시 소리를 지르고 싸우기 시작했다. 카트리는 등대를 향해서 걸어갔다. 릴리에베리가 가스통을 등대로 가져갔을 테지만, 발자국은 이미 눈에 덮여서 보이지 않았다. 곶에 가까이 이르자 바다에서 북서풍이 불어왔다. 에멜린 씨의 집으로 올라가는 언덕길이 여기에서부터 갈라져 나갔다. 카트리는 멈춰 섰고, 개도 똑같이 소리 없이 바로 멈추었다. 둘 다바람이 들이치는 쪽은 이미 눈에 덮여서 희었다. 어느새 개의 털 속에서 눈이 천천히 녹기 시작했다. 카트리는 아침에 곶을 향해서 걸을 때마다 늘 그랬듯 그 집을 바라보았다. 그 집에서 안나 에멜린은 외롭게 혼자, 돈을 가지고 살았지만 겨우내 그 모습을 보이지 않았다. 안나 에멜린이 필요로 하는 물건들은 가게에서 보내 주었고, 순드블룸 부인이 매주 방문해서 청소를 해 주었다. 그러다가 이른 봄이면 숲을 따라 움직이는 안나 에멜린의 밝은색 코트가 숲 근처에서 보였다. 장수했던 그녀의 부모는 자신들 소유의 숲에서 결코 나무를 베려고 하지 않았다. 세상을 떠날 때 그들은 도깨비처럼 부유했고, 숲에는 아무도 손댈 수 없었다. 점차 뚫고 들어갈 수 없을 만큼 수풀이 빽빽해졌고 집 바로 옆에 담처럼 자라서, 마을 사람들은 그곳을 토끼집이라고 불렀다. 나무로 지은 잿빛 집이었고 정교하게 조각한 흰 창틀이 있었는데, 뒷배경으로 보이는 눈 쌓인 숲과 마찬가지로 희끄무레한 회색이었다. 사실 건물 자체도 큰 토끼가 쭈그리고 앉은 모습 같았다. 베란다의 흰 커튼은 네모난 앞니 같았고, 툭 튀어나온 바보 같은 창문은 눈 쌓인 눈썹 아래에 자리한 것 같았으며, 굴뚝은 쫑끗 선 귀 같았다. 창문은 모두 어두웠고, 눈도 언덕 위에 그대로 쌓여 있었다.

  '저기 사는구나. 마츠하고 나도 저기 가서 살아야지. 하지만 기다려야 해. 이 안나 에멜린이라는 사람에게 내 삶의 큰 자리를 내어 주기 전에 충분히 생각해야지.'

2

안나 에멜린이 상냥하다는 말을 듣는 까닭은 지금껏 그
녀가 악의를 보일 수밖에 없는 상황에 내몰린 적이 없고, 또
그녀가 불쾌한 일을 잊어버리는 데 유난히 뛰어나기 때문인
지도 모른다. 안나 에멜린은 불쾌한 일이라면 그냥 털어 버
렸고, 자신만의 우유부단하면서도 고집스러운 방식을 견지
했다. 곱게만 자란 안나 에멜린의 선의는 어딘가 겁나는 구석
을 지녔지만, 아무도 눈치채지 못했다. 어쩌다 잠깐 토끼집에
들르면 사람들은 별 관심 없는 예의로 접대를 받았고, 어딘가
소소한 관광지를 방문한 기분이 되었다. 안나가 이런 태도를
취함으로써 스스로를 보호하려 했다고, 자기 얼굴을 숨기려
고 그랬다고 말할 수는 없다. 다만 안나는 자신의 특별한 재

능인 회화에 집중할 때에만 생생히 살아났는데, 당연히 홀로 그림을 그렸다. 안나 에멜린은 강력하고 뛰어난 한 가지 힘을 가지고 있었다. 그 능력으로는 오직 하나만을 바라보고 품고 관심을 기울일 수 있었다. 그 단 하나의 대상이란 바로 숲이었다. 안나 에멜린은 숲을 있는 그대로 정확하게 그릴 수 있어서, 침엽수의 잎새 하나도 놓치지 않았다. 수채화는 작았지만 누가 봐도 자연주의적이었으며, 빽빽한 숲에서 무심코 밟고 지나가더라도 여간해서는 눈길조차 주지 않는, 수풀 아래로 이끼와 연약한 식물들이 자라나는 탄력 있는 땅만큼이나 아름다웠다. 안나 에멜린은 사람들로 하여금 그것을 보게 했다. 사람들은 숲의 진면목을 깨달았으며, 편안하고 희망적인 은근한 그리움을 한순간 기억하고 느꼈다. 안나는 그 숲속에 토끼들, 그러니까 아빠 토끼, 엄마 토끼, 아기 토끼를 그려 넣어서 그림을 번잡하게 했는데, 참 안타까운 일이었다. 작은 꽃무늬를 지닌 그 토끼들은 숲의 깊은 신비를 크게 훼손했다. 아동 도서를 다루는 지면은 늘 토끼에 대해 나쁘게 평가함으로써 안나의 마음을 상하게 하고 자신감을 잃게 했다. 하지만 아이들과 출판사에게는 토끼가 꼭 필요하니 어쩌겠는가. 대략 1년 반마다 작은 책이 하나씩 나왔다. 글은 출판사가 썼다. 안나는 때때로 숲만 그리고 싶었다. 키 작은 식물과 나무뿌리를 더 주의 깊게, 껍질은 좀 줄이고. 갈색과 초록색의 작은 세계가 벌레들의 거대한 정글이 될 때까지 이끼에 다가가고 더 깊숙이 들어가서. 토끼 가족 대신에 개미 가족도 가능하겠지만, 이제는 너무 늦었다. 안나는 텅 비고 해방된 자연의 광경을 머릿속에서 지워 버렸다. 지금은 겨울이고, 눈 아래의 땅이 드러나기 전까지 작업을 시작하지 않기로 했으니까. 눈이 녹기를 기다리는 동안, 토끼에게 어떻게 꽃무늬가 생겼느냐고 물어보는 아이들의 편지에 답장을 썼다.

안나와 카트리의 진정한 이야기가 시작되던 어느 날, 안나는 편지를 쓰지 않고 응접실에 앉아서 『지미의 아프리카 모험 이야기』를 읽고 있었다. 아주 재미있는 책이었다. 지난 책에서 지미는 알래스카에 갔었다.

옆으로 넓고 천장이 낮은 안나의 방은 반사된 빛으로 아름다웠고, 흰색과 푸른색을 띤 난로가 있었다. 벽을 따라 띄엄띄엄 서 있는 옅은 색의 가구들은 순드블롬 부인이 매주 왁스칠을 해 주는 마룻바닥에 비쳤다. 체격이 컸던 아버지는 주위에 늘 빈 공간이 있기를 바랐었다. 그리고 푸른색을 좋아했다. 어디에서나 흔히 볼 수 있는 색깔이면서 해가 갈수록 점점 바래는 조심스러운 푸른색. 토끼집에는 어디에나 깊은 평온이 깃들어 있었고, 전부 잘 마무리되었다는 인상을 풍겼다.

그 전날 안나는 책을 치우고, 가게에 전화를 걸어야겠다고 생각했다. 원래 아주 싫어하는 일이다. 통화 중이었으므로 안나는 베란다 창 옆에 앉아서 기다렸다. 베란다 바깥에는 거대한 곡선을 그리며 북서풍에 날려 온 눈 더미가 장난스러우면서도 준엄하게 쌓여 있었다. 칼처럼 날카로운 산등성이 위로 얇게 비쳐 보이는 부채 모양 눈발이 흩날렸다. 눈은 겨울마다 같은 곡선을 그리며 내려 쌓였고, 언제나 한결같이 아름다웠다. 하지만 너무 거대하고 단순했으므로 안나의 시선을 사로잡지 못했다. 안나는 다시 전화를 걸었고, 가게 주인이 응답했다. "릴리에베리는 돌아왔나요?" 주문할 때 버터와 완두콩 수프를 빠뜨렸던 것이다. 큰 통조림 말고 작은 것.

가게 주인은 안나의 말소리가 들리지 않았으므로 그저 상황을 설명만 했다. 길 위에 쌓인 눈을 치우지 않아서 우편 버스가 다닐 수 없지만 릴리에베리는 스키를 타고 읍내에 갔고, 이번에 우편물과 신선한 간도 가지고 오리라고…….

"안 들려요!" 안나 에멜린이 외쳤다. "누가 간다고요? 무슨 일이에요?"

"간이라." 가게 주인은 거듭 말했다. "릴리에베리가 신선한 간을 가지고 올 테니, 에멜린 씨를 위해서 특별히 빼놓지요. 훌륭한 간……." 그러고는 다시 연결이 끊겼고, 상대방도 눈보라 속으로 사라졌다. 안나는 또다시 외부 세계를 차단하고 가벼운 마음으로 책을 집어 들었다. 사실 완두콩 수프에는 별 관심이 없었다. 우편물도 마찬가지였다.

읍내에서 돌아온 에드바르드 릴리에베리는 스키를 벗고 배낭을 가게 충계참에 던져 놓았다. 허리춤이 아팠고, 누구와 대화할 기분도 아니었다. 그는 가게 주인에게 건넬 상품들을 종이 박스에 쏟아 넣은 뒤 가게로 가지고 들어갔다. 물건은 거의 다 눈에 젖어서 물컹했다.

"오래 걸렸네." 가게 주인이 말했다. 그는 카운터 뒤에 서 있었고, 직원이 그만둔 데에 아직도 화가 나 있었다. 릴리에베리는 대답 없이 돌아서서 우편물을 현관 탁자 위에 정리했다. 그가 스키를 타고 올 때부터 카트리 클링은 유리창으로 내다보았고, 지금은 현관에서 그의 어깨를 두드렸다. 언제나처럼 입에 담배를 문 채 우편물을 바라보더니 말했다. "저기 에멜린에게 온 편지가 있네. 쉽게 알아볼 수 있지. 대부분 어린아이들이 이름을 쓰고 꽃을 그려 넣은 것이니까." 카트리는 계속 말했다. "지금 바로 그 집에 가져다줄 거야?"

"좀 뒀다가 전해 줘도 되지." 릴리에베리가 대꾸했다. "이 마을에서 우편배달부 노릇을 하는 게 언제나 즐거운 일은 아니니까."

스키를 타기 힘든 날씨였다고 동조하거나, 길이 어떤지 봤다고 위로하거나, 읍에서 얼른 눈을 치워야 한다고 맞장구치거나, 관심을 보이는 다른 무슨 말을 하거나, 아니면 그런 척을 하거나, 사람들이 분위기를 좋게 하려고 얘기하는 인사치레를 건넬 수도 있었으리라. 하지만 카트리 클링은 그런 사람이 아니었다. 카트리는 서서 담배 연기 너머로 상대를 바라보았고, 탁자 위로 몸을 기울이자 검은 머리카락이 희미한 달무리처럼 얼굴을 가렸다. 카트리는 추위를 막고자 몸에 두른 담요를 양손으로 붙잡고 있었다. '저런, 마녀처럼 보이네.' 에드바르드 릴리에베리는 생각했다.

"내가 에멜린에게 우편물을 가져다줄 수 있는데." 카트리가 말했다.

"그건 옳지 않아. 편지를 나르는 우체부가 따로 있잖아. 말하자면, 이런 일에는 신뢰가 필요하니까."

카트리는 고개를 들어서 그를 응시했다. 현관의 밝은 불빛 아래서 보니 카트리의 눈동자는 정말 노란색이었다. "신뢰라." 카트리가 말했다. "나 신뢰해?" 그러고는 조금 뒤 다시 말했다. "나도 우편물을 가져다줄 수 있어. 내게는 중요한 일이야."

"도와주려고 그러는 거야?"

"아닌 줄 알면서." 카트리가 대답했다. "순전히 나 자신을 위한 일이야. 나 신뢰해, 못 해?"

릴리에베리는, 규칙적으로 개를 데리고 산책하는 카트리의 모습을 떠올리며 어쩌면 그녀를 신뢰할 수도 있겠다고 생각했다. 어려운 일은 아니었으니까. 어쨌든 카트리 클링은 항상 정직했다. 그 점은 인정하지 않을 수 없었다.

안나는 다시 전화를 걸었다. "이제 좀 잘 들리네요." 가게 주인이 말했다. "완두콩 통조림 작은 것과 버터였지요. 릴리에베리가 우편물을 가져왔고, 간도 구해 왔어요. 아주 싱싱하답니다! 방금 배 속에서 꺼냈다고 할까요? 선생님을 위해서 따로 빼 두었습니다. 그런데 이번에는 릴리에베리가 아니라 클링이 배달할 겁니다. 이미 그리로 출발했어요."

"누구라고요?"

"이전에 직원이었던 카트리 클링이요. 카트리가 바로 간을 가지고 갈 겁니다."

"하지만 간은⋯⋯." 안나는 반대하려 했으나 곧 지쳤다. "간은 보기에도 흉하고 다루기도 어려워요⋯⋯. 하지만 생각해서 챙겨 주셨으니⋯⋯. 그 사람, 클링이라고요? 그 사람도 부엌문으로 들어오는 길을 알겠지요?"

그러고는 다시 수화기가 윙윙거리기 시작했다. 겨울이면 늘 그러듯이. 안나는 일어서서 잠시 그 소리에 귀를 기울이다가, 이내 부엌으로 가서 커피를 올렸다.

마츠는 조선소에서 돌아왔고, 날은 어둑해졌다. 겨울이면 베스테르뷔의 남자들은 연료를 아끼려고 날씨가 풀릴 때에만 일을 했다. 이토록 절약을 중시하는 사람들이었으니 전

력을 생각해서 날이 저물기 전에 조선소의 문을 닫았다. 마츠
는 늘 마지막으로 일터를 떠났다.

"결국 너도 왔구나." 가게 주인이 말했다. "그냥 내버려
두었으면 컴컴한 데 앉아서 사포질이나 했을 테지."

"지금 옆면 플랭킹 작업을 하고 있어요." 마츠가 대답했
다. "계산 달아 두고 코카콜라를 마셔도 될까요?"

"물론이지. 바로 줄게. 이젠 누나가 꺼내 줄 수 없어서 아
쉽지, 정말 아쉬운 일이야. 가게 일을 정말 잘했는데 말이지.
플랭킹이라, 네가 그런 말을 다 쓰다니. 옆면 플랭킹도 할 줄
안다는 거지. 누가 상상이나 했겠어."

마츠는 귀 기울여 듣지 않은 채 고개를 끄덕이며, 카운
터에 서서 느긋이 콜라를 마셨다. 이 작고 비좁은 가게에서는
그의 몸집과 키가 크게 느껴졌다. 머리도 길었다. 지나치게
긴 데다 누나의 머리카락처럼 새카맸다. 이 동네에서 찾아볼
수 없는 머리카락이었다. 그는 자신이 혼자이지 않음을 잊은
듯했다. 그는 계단을 내려오는 카트리 쪽으로 고개를 돌렸다.
남매는 보일락 말락 고갯짓을 했다. 둘만이 공유하는 혈연의
표식이었다. 개는 문 옆에 앉아서 기다렸다.

가게 주인이 말했다. "토끼집 우편물을 네가 가지고 가겠
다고? 물건은 여기 있다. 간을 조심해. 흐르지 않게."

"간은 싫어할 텐데요." 카트리가 말했다. "아시잖아요.

얼마 전에도 선지를 순드블롬 부인에게 줘 버린 거."

"간은 선지하고 다르지. 그리고 주문한 거야. 잊지 말고 부엌문 쪽으로 들어가. 에멜린 아줌마는 손님을 가리니까."

둘의 대화는 나지막하고 적대적이어서, 마치 덤비려고 노리는 두 마리의 짐승 같았다.

'주인 양반, 역시 잊어버리지 않았군. 그는 지난 일을 용서 못 해. 그의 욕망은 우습고, 내가 그걸 깨닫게 해 줬지. 그래, 이성적이지 못했어. 내가 이성적이지 못할 때마다 문제가 생겨. 어서 여기를 떠나야겠다.'

날이 저물기 시작하자 눈은 푸른빛을 띠었다. 개는 옆 골목에서 기다리게 하고, 카트리는 뒤에서 불어오는 바람을 맞으며 언덕을 올라갔다. 아무도 눈을 치우지 않았다.

안나 에멜린은 부엌문을 열고 말했다. "클링 양, 이 날씨에 고마워요. 이럴 필요 없었는데……."

문턱에 선 여자는 키가 컸고 모피를 걸쳤으며, 인사를 할 때도 미소가 없었다.

'자신 없어 하는 게 느껴지네. 너무 오랫동안 고독했던 거야. 내가 생각했던 모습 그대로네. 토끼 같아.'

안나가 다시 말했다. "우편물 고마워요……. 물론 저한테는 중요하지요……." 안나는 잠시 대답을 기다리다가 말을 이었다. "커피를 좀 준비했어요. 커피 드시지요?"

"아니요." 카트리가 상냥하게 대답했다. "커피 잘 안 마셔요."

안나는 당황했다. 마음이 상했다기보다 놀랐다. 커피를 내놓으면 누구나 마신다. 그게 예의니까. 초대한 사람을 생각해서 말이다. "차는요?" 안나는 말했다.

"아니요, 괜찮습니다." 카트리 클링이 대답했다.

"클링 양." 안나가 짧게 말했다. "장화는 문 앞에 두세요. 양탄자가 습기에 약하거든요."

'저 사람이 점점 더 마음에 드는데. 안나를 표적으로 삼자. 그러고는 대적하는 거야. 그래, 그거야.'

둘은 거실로 들어섰다.

'저 사람이 그런 책을 미리 읽어 볼걸. 아니, 그럴 순 없지. 그랬다면 내가 정직하지 못했을 테니까.'

안나 에멜린은 대화를 이어 갔다. "가끔은 이 안에, 바닥을 다 덮는 양탄자를 깔아도 괜찮겠다고 생각하지요. 색이 환하고 부드러운 것으로요. 클링 양, 그럴 것 같지 않아요?"

"아니요. 아름다운 마루만 가리겠지요."

물론 저 여자는 보들보들한 바닥을 원하리라. 양탄자가 있건 없건, 이 안은 따뜻하고 복슬복슬한 털처럼 부드럽다. 다른 층은 좀 더 트여 있는지도 몰라. 밤에는 창을 살짝 열어

놓아야 하니까. 그래야 마츠가 잠을 자지.

안나 에멜린은 가는 줄에 달아서 목에 걸어 둔 안경을 들어 올리더니, 입김을 불어서 식탁보 자락으로 닦기 시작했다. 왠지 털투성이일 것 같았다.

"에멜린 씨, 혹시 토끼를 키운 적 있나요?"

"네?"

"토끼를 키운 적 있으시냐고요?"

"아니, 왜요…… 릴리에베리는 토끼를 키운 적 있었지만, 아주 까다로운 동물이에요……" 안나는 평소처럼 확신 없이 기계적으로 답했다. 커피포트 쪽으로 몸을 움직이기는 했지만, 이 손님이 자신의 커피를 거절했음이 떠올랐다. 그래서 돌연 날카로워진 목소리로 물었다. "클링 양, 왜 제게 토끼가 있다고 생각하세요? 토끼를 키우시나요?"

"아니요, 제겐 개가 있어요. 셰퍼드예요."

"개라고요?" 안나는 주의를 다른 데로 돌렸다. '개는 알 수 없는 존재지…….'

손님을 접대하는 입장에서 안나는 아무도 건드리지 않은 커피가 신경 쓰였다. 괜히 일어나서 조명이 더 필요하겠다고 말했다. 금세 어둑어둑해졌다. 안나는 등을 하나씩 밝혔다. 은은하게 빛을 가린 조명이었다. 그러고는 카트리에게 서명해 주겠다고 했다. 안나의 필체는 매우 아름다웠다. 이름을 쓰고 나서 안나는 토끼의 귀를 그리기 시작했다. 그러나 이내 멈추고 새 종이를 꺼냈다. 카트리는 부엌으로 가서 우편물을 탁자에 두고 음식물은 싱크대에 놓았다. 간이 들어 있는 꾸러미에서 핏물이 흘러나왔다.

"아, 이런." 안나가 뒤에 서서 말했다. "피네요……. 저는 피를 못 봐요……."

"가만 두세요. 제가 치우지요."

하지만 안나는 벌써 꾸러미를 뜯었고, 간이 휑하니 나왔다. 피로 부푼 적갈색 간의 사이사이로 흰 핏줄이 보였다. 안나는 창백해졌다.

"선생님, 제가 개에게 주지요. 제가 치우면 돼요. 전 이제 가야 하니까요."

이에 안나는 급히 설명하기 시작했다. 늘 냄새가 날까 봐 염려했다고. 치워 둔 채 잊어버리면 냄새가 나기 시작하고, 그러면 상했을까 봐 걱정이 되어서 내버려야 한다고……. 하지만 온 세상을 생각하면 음식을 버릴 수가 없다고…….

"알겠어요." 카트리가 말했다. "음식을 숨겨 놓으니까 냄새가 나지요. 냄새가 날 만한 식재료는 그만 사지 그러세요? 그리고 내장을 싫어하시면 싫어한다고 말씀하세요."

"제가 주문한 게 아니에요. 그 사람이 이렇게 안 챙겨 주면 좋을 텐데……."

"가게 주인 말씀이군요." 카트리가 천천히 말했다. "잊지 마세요. 그 사람은 좋은 사람이 아니에요. 사악한 사람이죠. 간을 무서워하시는 걸 알면서도 이렇게……."

카트리는 뒷마당에서 담뱃불을 붙였다. 벌써 어두워졌다.

안나 에멜린은 베란다 창가에서 언덕을 내려가는 손님을 바라보았다. 길고 검은 형체였는데, 큰길에 다다르자 어둠 속에서 커다란 늑대 같은 그림자가 둘 나타났다. 그러더니 그 여자에게로 다가갔다. 셋은 바짝 붙어서 마을로 돌아갔다. 안나는 뭔지 모를 불안을 느끼며 창가에 서 있었다. 지금 커피 한 잔을 마셔도 좋겠지……. 하지만 갑자기 의욕을 잃었다. 아주 미약하지만 분명하게 깨달은 것은, 자신이 커피를 좋아하지 않으며 좋아한 적도 없다는 사실이었다.

3

집에 돌아온 카트리는 외투를 입은 채 침대 위에 앉았다. 매우 피곤했다. 무엇을 얻고 무엇을 잃었는가. 첫 만남은 엄청나게 중요하다. 카트리는 눈을 감고, 일어난 일들을 눈앞에 똑똑히 그려 보려고 했지만 좀처럼 되지 않았다. 토끼집에서의 시간은 안나 에멜린과 똑같이 부옇고 희미했다. 안나의 은은한 등불과 무미건조하지만 조화롭게 꾸며진 방, 그리고 두 사람이 어떻게 경계하며 담소를 나누었는지. 하지만 싱크대에 놓여 있던 간은 눈에 보이는 현실이었다. '내가 그걸 치운 까닭은 안나 에멜린을 위해서였나? 아니, 나 자신을 위한 일이었지. 점수를 따려고? 아니야, 그건 아닐 거야. 그저 현실적인 대응이었지. 피가 흐르는 물건을 보자 그 여자는 겁을 냈고, 누군가 치워야 했으니까. 내게 무슨 계획이 있었던 것도 아니고, 부정직하지도 않았어. 하긴 모르지. 뭔가 아첨하고 아부하는 태도가 아예 없었다고 완전히 확신할 수는 없어. 아첨과 아부라니, 노골적인 단어야. 뭔가 이점을 얻으려고, 심지어 때로는 얻을 것도 없는데 그냥 습관적으로, 좋은 게 좋은 거라면서, 그렇게 끝내 버리면 편하니까 사람들이 거리낌 없이 하는 행동들……. 아니야, 원만하게 마무리하지 못한 것 같아. 이번 기회는 놓쳤어. 그래도 정정당당하게 싸운 것 같아.'

마츠는 새로운 설계도를 그렸다. 보통 이런 그림들은 탁자 위에 펼쳐져 있었다. 그는 자신의 선박 모델에 대해 이야기하지 않았지만, 그래도 카트리가 봤으면 했다. 설계는 언제나 치수를 계산하기 편한 푸른 모눈종이에 했다. 배도 늘 똑같은, 매우 크고, 선내 발동기와 작은 갑판실이 있는 형태였다. 카트리는 마츠가 선형을 바꾸었음을 알아보았다. 갑판실이 더 낮아졌다. 카트리는 마츠의 설계, 목재와 모터의 가격, 작업 시간 따위를 자세히 들여다보았다. 장차 마츠가 사기당하지 않았는지 분명하게 파악하려면 이런 사실들을 확인해야 했다. 설계도는 아름다웠다. 단순히 소년의 꿈이 아니라, 현실적인 작업의 결과였다. 카트리는 느낄 수 있었다. 이 설계는 오래고 꾸준한 관찰의 성과이며, 오로지 한 가지 목표에 대한 지극한 사랑과 관심의 결실이라는 것을.

카트리는 읍내에서 마츠를 위해 책을 빌려 왔다. 배의 종류와 구조에 관한 것들, 그리고 위대한 항해 이야기라면 있는 대로 다 빌렸다. 구할 수 있는 건 대개 아이들이 보는 책이었다. 그러면서 카트리는 슬쩍 마츠에게 현실적인 순수 문학도 읽혀 보려고 했다.

"나도 읽기는 해." 마츠는 말했다. "하지만 별 느낌이 없어. 너무 아무 일도 안 일어나니까. 훌륭한 사람들인 건 알겠는데 딱해. 늘 뭔가 문제 있는 사람들의 얘기잖아."

"하지만 네 책에 나오는 선원들, 난파당한 사람들은 어떻고? 그 사람들도 행복하진 않잖아?"

마츠는 고개를 흔들면서 살짝 웃더니 말했다. "그건 다르지. 그리고 그런 얘기는 별로 안 해, 알지?"

하지만 카트리는 계속 말했다. 마츠가 원하는 책을 읽으려면 카트리가 고른 책도 읽어야 한다고. 딱 하나뿐일지라도. 카트리는 마츠가 잘 꾸며진 모험 이야기, 인생의 악을 덮어 버리는 허구의 세계에 빠질까 봐 걱정되었다. 마츠는 누나를 기쁘게 하려고 카트리의 책도 읽었지만, 그 책들에 대해서는 이야기하지 않았다. 처음에는 카트리가 물어봤지만, 마츠는 "뭐, 훌륭하네."라고만 대꾸했으므로 더는 묻지 않았다.

둘은 그다지 대화를 나누지 않았다. 오히려 함께 침묵하는 것이 평화롭고 자연스러웠다.

어둑해지고 한참이 지나서야 마츠는 집으로 돌아왔다. 카트리는 별로 달갑게 여기지 않지만, 릴리에베리 형제와 함께 있었던 것이다. 마츠는 배 이야기를 듣고자 릴리에베리 형제와 자주 어울렸다. 형제는 마츠에게 살가웠다. 마치 반려동물에게 다정하게 굴듯이. 그들은 마츠를 곁에 두었지만, 결코 인정하지는 않았다. 카트리는 음식을 내놓았고, 둘은 평소처럼 각자 자기 책을 끼고서 식사했다. 책을 읽으면서 식사하는 이 시간은 하루 중 가장 편안하고, 부족함 없이 축복받은 순간이었다. 하지만 오늘 저녁 카트리는 독서하지 않았다. 안나 에멜린의 집에 여러 차례 방문했지만 매번 패배한 채 돌아오지 않았는가. 마츠에게 아무것도 해 주지 못했다. 카트리는 읽히지도 않는 책에서 눈을 들어 동생을 바라보았다. 둘 사이의 전등은 깨진 갓 탓에 빛과 그림자가 얽히고설킨 채 마츠의 얼굴을 비추었다. 카트리는 숲속 나뭇잎의 그림자나 수면 아래의 모래에 반사되는 햇빛이 생각났다. 마츠가 얼마나 잘생겼는지 볼 수 있는 사람은 카트리뿐이었다. 갑자기 카트리는 자기 머릿속을 떠나지 않는 그 씁쓸한 목표에 대해 동생과 대화하고 싶은 마음이 불쑥 들었다. 정직함이 자신에게 무엇을 의미하는지 말함으로써 스스로의 행동을 방어하고, 아니 설명하고 싶었으며, 마츠 외에는 누구와도 나눌 수 없는 이야기를 하고 싶었다.

'아니, 그럴 수는 없어. 마츠는 비밀이라는 걸 모르니까. 마츠가 신비스러운 까닭은 바로 그 점 때문이지. 아무도 그를 방해하지 못해. 마츠는 단순하고 순수한 세계에서 방해받지 않고 살아야 해. 알아듣지 못했으면서 걱정만 하고, 나에게 문제가 생겼다고 믿을지도 모르지. 그리고 설명할 게 뭐가 있겠어……. 내가 알았으면 됐지. 나는 받아야 할 건 터놓고 받고, 최대한 정정당당하게 싸우기만 하면 돼.'

마츠는 책에서 눈을 떼더니 말했다. "그건 뭐야?"

"아무것도 아냐. 그 책 재미있어?"

"괜찮아." 마츠가 대답했다. "바다에서 전투하는 내용이야."

4

저녁이 되면 마을은 아주 조용했고, 가끔 여기저기서 개 떼만이 짖어 댔다. 다들 집에서 저녁을 먹었고, 창문마다 불빛이 흘러나왔다. 눈도 내렸다, 언제나처럼. 지붕 위로 눈이 무겁게 쌓이고 낮 동안 발에 밟혔던 길은 다시 희어졌으며, 그 옆으로 단단해진 눈 더미가 점점 높이 쌓여 갔다. 눈 무덤 사이로, 잠시 날이 풀렸을 때 아이들이 숨으려고 파 놓은, 깊고 좁은 굴들이 있었다. 바깥에는 아이들이 만든 눈사람, 눈으로 만든 말, 쇠붙이나 석탄 조각으로 이를 박은 뭔지 모를 형체들이 있었다. 더러 기온이 떨어지면 아이들은 이것들에 물을 부어서 다시 단단하게 얼렸다. 어느 날, 아이들이 눈으로 빚어낸 한 형상 앞에 선 카트리는 그것이 자기 모습임을 알았다. 노르스름한 유리 조각을 찾아서 눈을 박고, 낡은 털 가죽 모자를 씌우고는 가느다란 입과 꼿꼿한 자세를 만들어 낸 것이다. 눈으로 만든 이 여자 옆에는 큼직한 개가 붙어 있었다. 잘 만들지는 못했지만 개라는 것, 위협적인 개라는 점을 알아볼 수 있었다. 그리고 치맛단에는 작고 빨간 행주를 머리에 뒤집어쓴 난쟁이 형체가 달려 있었다. 마츠는 겨울이면 붉은 털모자를 쓰곤 했다. 카트리는 그 작은 형상을 발로 차서 부수었다. 그러고는 집에 와서 동생의 모자를 난로에 태우고, 파란색 실로 새 모자를 짰다. 나중에 카트리는 아이들이 장난스럽게 가지고 놀던 눈 더미에서 언짢은 기념품 하나를 건졌다. 숫자로 가득한 쪽지가 눈으로 만든 여자의 한가운데에 나뭇가지로 꽂혀 있었던 것이다. '어쨌건 마을에서 이거 하나는 알아봐 주는구나.' 아이들도 떠도는 말을 들었으니 카트리의 뛰어난 계산 솜씨를 알았고, 숫자가 카트리의 마음을 관통하고 있음을 알았다.

사람들은 좋건 싫건 카트리를 찾았고 카트리는 그들 스스로 할 수 없는 계산을 도맡아 주었다. 카트리는 어려운 연산, 배분율에 관한 문제도 아주 쉽게 다루었고, 합계도 언제나 정확하게 처리했다. 시작은 카트리가 가게 주인의 출납과 정산을 도와준 일이었다. 그러면서 셈이 빠르고 판단력이 날카롭다는 소문이 퍼졌다. 카트리는 읍내의 몇몇 상인들의 사기 행각을 밝혀냈고, 나중에는 가게 주인도 마찬가지로 들켰지만 이에 대해서는 아무도 몰랐다. 어쨌건 카트리 클링은 총액을 어떻게 나눠야 맞는지 정확히 알았고, 다른 종류의 계산이 필요한 온갖 어려운 경우에도 의심의 여지 없는 답을 찾아냈다. 마을 사람들은 세금 신고나 매도증, 유언장이나 토지 경계를 나누는 문제 때문에도 카트리를 찾아왔다. 물론 읍에도 변호사가 있었지만 사람들은 카트리를 더 믿었고, 변호사를 쓰느라 괜한 돈을 낭비할 필요가 없다고 생각했다.

"초지를 내줘요." 카트리가 말했다. "어차피 달리 쓸 데도 없잖아요. 가축한테 풀을 뜯기기에도 별로고요. 하지만 건물을 지을 수 없다는 문구는 꼭 넣으세요. 안 그러면 그 사람들이 언젠가는 거기다가 집을 지을 테니까요. 그 사람들, 안 좋아하시잖아요."

한편 상대방에게는 그 초지가 무가치할 뿐 아니라, 체면 문제라고 말했다. "출입 금지 푯말을 하나 세우고 조금 옆으로 옮기세요. 그럼 이웃집 아이들의 소리를 쉴 새 없이 듣지 않아도 되잖아요." 마을에서는 카트리의 의견을 이리저리 따져 보았고, 일리 있고 현명한 처분이라고들 여겼다. 가장 설득력 있는 부분은, 어느 집에서나 이웃을 적대적으로 대한다는 가정이었다. 그래서 사람들은 카트리와 만나고 나면 어딘가 부끄러움을 느꼈다. 카트리는 언제나 공정했으니, 사실 이해하기 어려운 일이다. 서로 몇 년째 갈등을 겪던 두 가족의 예를 보자. 카트리는 양쪽 다 체면을 유지하도록 도와주었지만, 동시에 이들의 적대 관계를 표면으로 드러내고, 단번에 명백한 사실이 되게끔 못 박았다. 또한 카트리는 사람들로 하여금 자신이 속았음을 깨닫게 해 주었다. 후스홀름의 에밀 사건 때, 사람들은 카트리의 견해를 매우 놀랍게 받아들였다. 에밀은 심각한 패혈증 탓에 돈도 많이 써야 했고 한참 동안 일하지 못했는데, 그때 카트리가 말했다. "이건 근무 중에 생긴 재해이니 손해 배상이 필요해요. 고용주에게 정산을 요구해야지요."

"글쎄, 꼭 그런 건 아니죠." 에밀은 반대했다. "배를 짓다가 생긴 일은 아니니까. 대구를 씻는 중이었어요."

그러자 카트리가 대답했다. "언제 정신을 차릴 거예요? 일은 일이에요. 대구나 조각칼이나, 그게 그거죠. 아버지가 어부 아니셨어요? 수산 회사에서 일하셨죠? 그때 일터에서 얼마나 자주 다치셨던가요?"

"가끔씩 다쳤죠."

"물론 그랬겠죠. 하지만 보상은 받지 못하셨어요. 알지 못해서 국가에 몇 번이나 속으셨으니 이제 공평해지는 거지요."

카트리 클링의 예리한 식견이 빛났던 경우는 더 많이 들

수 있다. 뭐든지 다 나름대로 말이 되는 것 같았다. 카트리를 못 믿겠다거나 중요한 서류 때문에 염려가 된다면, 읍내 변호사에게 확인받으면 될 일이었다. 하지만 지금까지 변호사도 카트리의 판단에 의문을 품은 적이 없었고, 이렇게 말했다. "그 동네에는 대체 무슨 꾀바른 마녀가 있는 거요? 어디서 이런 걸 다 배웠지?"

처음에 사람들은 카트리가 문제를 처리해 주는 대가로 돈을 주려고 했다. 그러나 카트리는 점점 까칠해졌고, 더 이상 아무도 보상 이야기를 꺼내지 못했다. 일상의 범주를 벗어나는 타인의 어려움을 그렇게 잘 이해하는 사람이 그 누구와도 잘 지내지 못하다니, 기이한 일로 보였다. 실용적 질문에는 답을 했지만 달리 이야기하지 않는 카트리의 침묵은 사람들을 불편하게 했다. 가장 큰 문제는 카트리가 사람을 만나도 전혀 미소 짓지도, 용기를 북돋지도, 기꺼이 돕지도 않는다는 것이었다.

"그런데 왜 그 사람에게 가는 거야?" 뉘고르드 농장의 연로한 안주인이 말했다. "만나고 돌아오면 사람들이 변해. 문제를 해결하고 오지만 더 이상 아무도 믿지 못하지. 그 여자는 내버려 두고 동생한테나 잘해 줘."

사람들은 가끔 마츠가 어떤지 물었지만, 그렇게까지 다가서도 카트리는 사근사근해지지 않았다. 가늘고 노란 눈으

로 딴 곳을 바라보며 그저 고맙다고만 했다. 그러고 나면 쓸
데없이 참견한 기분이 되었고, 스스로 왜소하게 느껴졌다. 그
러니 사람들은 볼일을 보러 갈 뿐, 되도록 빨리 자리를 떴다.

5

끝없이 내리는 눈 탓에 땅거미도 새벽어둠도 아닌 알 수 없는 암흑이 찾아왔고, 사람들은 우울해졌다. 즐겁게 하던 일들도 성가신 의무가 되었다. 에드바르드 릴리에베리는 계절을 탔다. 조선소 일이 끝나면 집에 가는 것 외에는 할 일이 없었으니, 네 형제 모두가 귀가해서 식사를 준비하고는 라디오를 들었다. 저녁 시간은 차차 길어졌다. 에드바르드 릴리에베리는 밴을 손보기로 했다. 기분 전환이 되는 일이었다. 읍에서 제설 작업을 부탁할 때 모터가 성하다면 그 또한 좋은 일이고. 몇 년 전까지 그는 아이들을 학교로 태워다 주고 거리에 따라 돈을 받았지만, 지금은 마을에 저학년을 위한 학교가 생긴 데다, 더 큰 아이들은 아예 읍내에서 방을 구했다. 아이들 수도 줄었고. 어쨌건 이 밴을 가지고 있음이 가게 주인으로서 손해는 아니었다. 관청에서는 휘발유값을 대 주는 것 외에도 등대로 가스통을 운반하거나 마을로 우편물을 배달하면 돈을 주었다. 가게 주인은 릴리에베리의 급여를 계산할 때마다, 이런 동네 일을 맡았음이 자신에게 얼마나 부담인지를 꼭 언급했다. 여하튼 에드바르드 릴리에베리는 이 밴을 자신의 차처럼 여겼다. 차종은 초록색 폭스바겐이었고, 베스테르뷔의 유일한 자동차였다.

그는 차고에 불을 밝히고 귀 위로 모자를 눌러썼다. 차고는 집 밖보다 더 추웠다. 차 수리는 개인적으로 하는 일일 뿐 다른 사람과는 무관했는데, 또 그 아이가 한쪽에 들어와서는 기다리고 또 기다리며 릴리에베리에게 부담을 주었다. 저 아이가 부담되는 걸까, 아니면 그의 누나 때문일까. 어쩌다 마을에 저런 남매가 생겼을까. 대체 이 마을이 뭘 잘못했기에, 그냥 평범하게 살 수 없는 걸까……. 릴리에베리는 한번 휘둘러보고는 말했다. "또 왔니. 자동차 엔진에 대해서는 넌 평생 아무것도 못 배울 거야!"

"그렇겠죠. 저도 알아요." 마츠가 대답했다.

"뉘고르드 씨 집에 가서 장작을 팼니?"

"했어요."

"그럼 여기서 뭐 하려고? 도와주려고?"

마츠는 대답하지 않았다. 늘 똑같았다. 소년은 차고로 슬그머니 들어와서 그저 바라보았다. 릴리에베리의 목덜미가 서늘해지고, 그렇게 소년에게 상냥할 수밖에 없어지고, 결국 일에 집중할 수 없을 때까지. 정말 곤란한 상황이었으니, 그는 그저 "이 일이 좀 어려워서 지금 난 이야기할 수 없어."라고 둘러댔다.

마츠 클링은 고개를 끄덕였지만 그대로 서 있었다. 누나를 참 많이 닮았다. 얼굴은 똑같이 평평했고, 눈동자만 푸른 빛이었다. 누나는 늘 근처를 맴돌았고, 동생은 그 뒤에 서 있었다. 이 모든 상황을 견디기 어려웠다. 지칠 대로 지친 에드바르드 릴리에베리는 결국 말했다. "뭐라도 하고 싶으면 정리라도 좀 해 봐. 여기서는 움직이기도 쉽지 않으니까."

소년은 청소를 시작했다. 짜증 날 만큼 느리고 꼼꼼하게. 제일 먼 구석부터 시작해서 물건을 하나씩 옮기고 쓸고 정리했다. 소리는 크지 않았지만 아주 조용한 것도 아니어서, 마치 벽 뒤에 쥐가 있는 듯 바스락거리다가 조용해지고, 긁고 끌고 또다시 고요해졌다. 릴리에베리는 끝내 돌아보고 외쳤다. "그냥 두고 이리 와! 저기 내 눈에 보이는 데 서 있어. 자, 나는 지금 차를 고치고 있어. 뭘 하는지 봐. 하지만 너는 절대로 배우지 못할 거고, 나는 설명하지 않을 거야. 그러니까 이제 나한테 말 걸지 마."

마츠는 고개를 끄덕였다. 릴리에베리는 점차 마음이 가라앉았고, 구경꾼과 훼방 따위는 다 잊어버린 채 마침내 엔진을 고치는 데 성공했다.

물론 마츠가 가장 자주 가는 곳은 조선소였다. 마츠는 서투르고 느렸지만, 그러면서도 매우 주의 깊고 참을성 있게 일했다. 자질구레한 업무를 믿고 맡길 수 있었으며, 그에게 맡기면 결국 해낸다고 확신할 수 있었다. 사람들은 마츠가 있다는 사실 자체를 잊어버리곤 했다. 릴리에베리 형제는 마츠에게 나사를 돌리거나 윤을 내는 등 단조로운 임무를 주었다. 그러고 나면 마츠는 언제 갔는지 아무도 모르게 자리를 떴다. 이웃에게 무엇을 고쳐 주기로 약속했는지, 아니면 숲에 가서 빈둥대는지, 하여튼 아무도 몰랐다. 마츠 클링은 정해진 근무 시간 없이 내키는 대로 왔다가 떠났으니, 시급을 주기란 어려웠다. 릴리에베리 형제는 그냥 되는대로 아주 적은 액수의 돈을 주었다. 그들이 보기에 마츠는 일을 놀이로 여기는 것 같았고, 노는 사람에게 돈을 줄 필요는 없으니까. 마츠가 아주 오랫동안 오지 않을 때도 있었지만, 그가 어디에 있는지는 아무도 몰랐고 관심도 없었다.

추위가 오자, 배 만드는 일을 계속하기란 영 수지가 맞지 않았다. 창고는 단열도 엉망이었고, 난로는 추위에 손이 굳지 않도록 최소한의 열기밖에 주지 못했다. 그래서 다들 문을 잠그고 집으로 갔다. 그런데 배가 물로 나가는 바깥쪽으로 쉬이 열 수 있는 걸쇠만 걸린 큰 문이 나 있었다. 마츠는 대구를 잡는 낚싯바늘을 든 채 얼음을 밟고 그쪽으로 다가가서, 바닷가에 아무도 없을 때 다시 창고로 들어갔다. 가끔씩 남은 일을 마저 했지만, 대개 그 일이란 마쳐도 아무도 모르는 사소한 것이었다. 보통은 눈에 반사되어 잔잔하게 반짝이는 빛 속에 그냥 앉아 있었다. 추위라고는 몰랐다.

6

에드바르드 릴리에베리가 또 스키를 타고 읍내에 가서
우편물과 음식물을 가져왔을 때, 마침 기다리고 있던 카트리
클링이 역시 에멜린의 우편물을 가져가겠다고 했다. 부탁하
지도 설명하지도 않고, 그냥 달라고 했다. 카트리는 동생처럼
제자리에 선 채로 릴리에베리가 양보할 때까지 기다렸다.

"알았어." 릴리에베리가 말했다. "가져가. 하지만 지금도
그렇고 앞으로도 그렇고, 인출과 관련된 것들은 아주 조심해
야 한다고, 잊지 마. 에멜린이 서명해 주고 수령인을 나라고
연서해 주면, 아무리 작은 쪽지라도 잃어버리면 안 돼. 그리
고 돈이 들어오면 마지막 한 푼까지 다 에멜린에게 전달해야
해."

"별소리를 다 하네." 카트리가 말했다. 아주 차가운 목소리였다. "내가 숫자를 잘못 처리하는 거 봤어?"

릴리에베리는 잠시 말을 끊었다가 대답했다. "내가 너무 조급했네. 생각도 못 했어. 이런 일을 맡길 만한 사람은 사실 너밖에 없지." 그러고는 덧붙였다. "사람들이 너를 두고 무슨 소리를 하더라도, 어쨌건 정직한 건 사실이니까."

카트리가 가게로 들어오자 가게 주인은 자기도 모르게 적대적인 태도로 맞았다. "우편물을 에멜린 집으로 가져갈 거예요. 혹시 뭘 갖다 달라고 전화했나요?" 카트리는 말했다.

"아니. 에멜린은 통조림만 먹고, 음식은 안 해. 하지만 릴리에베리가 콩팥을 가지고 왔지."

"그냥 댁이 드세요." 카트리가 말했다. "콩팥이고 간이고 허파고 마음껏 드셔도 좋은데, 스스로 방어하지 못하는 사람에게 치사하게 굴지는 마세요."

"하지만 난 악하지 않아." 그는 마음이 제대로 상해서 외쳤다. "나는 온 마을에 물자를 공급하지만, 아무도 나에게 치사하다고 한 적 없어……."

카트리가 외쳤다. "스파게티 한 봉지, 육수 큐브, 완두콩 수프 작은 것으로 두 깡통, 설탕 1킬로그램. 제가 가지고 갈게요. 계산은 에멜린 이름으로 달아 주세요."

가게 주인은 아주 낮은 목소리로 말했다. "악한 건 너지."

카트리는 연신 선반을 따라 움직이며 말했다. "쌀, 쉽게 익는 종류로." 그리고 덧붙였다. "웃기지 마요." 예전에 바로 그 한마디가 그의 욕망을 증오로 만들었다. 마치 개에게 명령하듯 던지는 말.

다시 토끼집을 방문했을 때, 카트리는 개를 뒷마당에서 기다리게 했다. 안나 에멜린은 카트리가 언덕을 올라오는 모습을 보고 바로 문을 열었다. 숨을 헐떡이는 카트리와 인사를 나눈 뒤 안나는 말이 없어지고 당황스러워했다. 장화를 벗은 카트리가 음식을 들고 부엌으로 들어가며 말했다. "날고기는 안 가져왔어요. 요리하기 쉬운 통조림뿐이지요. 우편물은 오후에 릴리에베리가 가져온 거고요."

"잘됐네요." 안나는 말했다. 그런데 안나가 마음을 놓은 이유는 우편물 때문도 통조림 때문도 아니었다. 이 이상한 사람이 마침내 정상적인 대화라고 할 만한 말을 건넸기 때문이었다. "잘됐네요……. 통조림이 있으니 다행이에요. 더구나 작은 거니까요. 상하지 않을 거예요……. 제가 전에도 날고기를 보면 불편하다고 말씀드렸었지요? 보관이 안 되니까요. 꽃도 마찬가지예요. 책임 같은 거지요. 안 그래요? 물이 너무 부족하거나 너무 많거나 하잖아요. 대체 알 수가 없어요……."

"그래요. 알 수 없어요. 그런데 여긴 너무 덥네요. 꽃은 더우면 안 좋아요."

"아, 네, 그럴 수 있지요." 안나가 자신 없게 답했다. "왜 사람들은 저한테 집 안에 꽃을 두리라고 기대하는지 모르겠어요."

"아, 그래요. 꽃하고 아이들하고 개 말이죠."

"무슨 말이에요?"

"꽃하고 아이들하고 개를 좋아하시리라고 생각하지만, 사실 안 그렇죠."

안나는 날카로운 눈빛으로 올려다보았다. 하지만 자신을 마주한 넓적하고 편안한 얼굴은 아무것도 표현하고 있지 않았다. 안나는 고집스럽게 말했다. "클링 양, 그 말은 이상하네요. 응접실로 들어갈까요? 커피는 안 좋아하시지만요."

둘은 응접실로 갔다. 여기도 마찬가지로 조명은 은은했고, 텅 빈 데다 변화라고는 없는, 마치 가위에 눌린 듯 느릿한 분위기가 감돌았다. 안나는 앉았다, 말없이.

카트리는 잽싸게 말했다. "선생님. 저에게 과분히 친절하시군요." 그러고는 뜬금없이 토끼집을 떠나려고 했다. 우편물을 안나 앞에 놓고, 서명해야 하는 인출 신청서가 있는지 짧게 물었다. 안나는 안경을 들추고 바라보며 물었다. "이미 연서가 되어 있네요. 하지만 여기, 이 이상한 이름은 누구죠? 이 마을로 이사 온 외국인인가요?"

"아니요. 제가 지어낸 이름이에요. 아주 드문 이름이죠?"

"무슨 말인지 모르겠어요. 그렇게 하면 안 돼죠." 안나가
말했다.

"시간을 아끼려고 그렇게 썼어요."

"그런데 여기, 이상한 이름이 쓰인 신청서가 여러 장 더
있네요. 글씨도 똑같고요."

카트리는 미소 지었다. 뭔가 두려움을 남기는 재빠른 미
소가 네온사인처럼 나타났다가 사라졌다. 그러고는 그만큼
민첩하게 말했다. "선생님, 저는 서명을 잘 그려요. 저에게 서
류 작업을 맡기는 사람들에게 때때로 서명해 주면 좋아하지
요. 관심 있으시면 다른 이름도 써 보여 드릴 수 있어요."

그리고 카트리 클링은 안나 에멜린의 이름으로, 전에 받
았던 서명 그대로 완벽하게 베껴 냈다.

"세상에. 재주가 정말 좋네요. 그림도 그릴 수 있나요?"
안나가 말했다.

"그건 못 할 거예요. 해 본 적 없어요."

바람이 불기 시작했다. 마을 사람들을 오랫동안 쫓아다
니던 거친 속삭임에 눈보라가 일었고, 곧 유리창을 두드렸다.
돌풍이 잠깐 멎을 때면 고요해졌다.

카트리가 말했다. "이제 가야겠어요."

부엌문을 연 안나는 개를 보았다. 이 커다란 짐승의 털에
는 눈송이가 별처럼 가득했고, 열린 입으로 눈바람을 몰아쉬

었다. 안나는 비명을 지르며 얼른 문을 다시 닫으려고 했다.

"위험하지 않아요." 카트리가 말했다. "잘 훈련된 개예요."

"하지만 저렇게 큰데요! 입을 크게 벌렸어요……."

"위험하지 않아요. 그냥 보통 셰퍼드예요."

여자는 개와 함께 언덕을 내려갔다. 둘 다 잿빛 털투성이였다. 안나는 그들의 떠나가는 모습을 바라보았다. 아직도 두려움에 몸서리쳤지만, 이 불안 속에는 호기심 어린 긴장이 섞여 있었다. 안나는 카트리 클링에게 모험심이 많다고 생각했다. '다른 사람들과 달라. 그런데 누구와 닮았지? 특히 미소지을 때 모습이…….' 안나가 아는 사람, 사회에서 알고 지냈던 사람은 아니었다. 어쩌면 그림이나, 아니면 책에서 나온 무언가였으리라. 안나는 갑자기 자기 자신 때문에 웃기 시작했다. 가죽 모자를 쓰고 미소 띤 카트리의 모습은, 사실 옛이야기에 나오는 나쁜 늑대를 닮았던 것이다.

두 해에 한 번쯤, 안나 에멜린은 그림책을 냈다. 아주 어린아이들을 위한 작은 책이었다. 글은 출판사가 썼다. 출판사는 다시 인세 정산서를 보내왔고, 서류를 분실했었다는 사과와 따뜻한 인사와 작년에 나온 서평 몇 편도 함께 건넸다. 안나는 접힌 신문 스크랩을 펼치며 안경을 썼다.

"에멜린은 작은 세계인 숲을 자신만의 방식으로 소박하고 사랑스럽게 다뤄서 우리를 새로이 놀라게 한다. 각각의 부분이 세밀하게 처리되어서, 우리는 친숙한 것을 알아보면서도 새로운 발견을 하게 된다. 에멜린은 우리에게 보는 법, 정말로 관찰하는 법을 가르쳐 준다. 글은 이제 갓 읽기를 배운 아이들을 위한 약간의 설명이라 할 수 있고, 새 책이어도 전과 별반 다르지 않다. 하지만 에멜린의 수채화는 언제나 참신하다. 아래에서 올려다본 시각으로, 단순하면서도 대단히 능숙하게 그려 낸 그림 속에는 숲의 진실과 고요와 어둠이 담겨 있다. 우리 앞에 보이는 것은 아직 발이 닿지 않은 원시림이다. 이 이끼를 밟고 다니려면 아주 작아야 한다. 토끼가 있건 없건, 우리는 분명히 아이들 모두를……."

안나는 토끼 이야기가 나오면 글 읽기를 멈추었다. 다른 스크랩에는 그림 하나가 들어 있었다. 너무 자주 사용하는 그림이었다. 캐리커처가 그런대로 괜찮았지만, 삽화가는 작가보다 토끼를 더 생각한 것 같았다. 숭숭하고 네모난 앞니에 세심하게 주의를 기울였고, 안나는 흰 털투성이에 다른 데 정신이 팔려 있는 듯했다. '바보같이 굴지 말아야지.' 안나는 생각했다. '아무나 자기 그림이 신문에 실리는 건 아니니까. 하지만 다음에는 잊지 말고 치아를 보이지 말아야지. 턱은 끌어당겨야겠다. 하지만 왜 늘 미소를 지으라고 하는지…….'

"안나 에멜린의 작고 귀여운, 겉표지를 세탁할 수도 있는 책들은 언제나 환영받고, 여러 언어로 번역되었다. 금년의 이야기는 주로 블루베리와 월귤을 따는 내용이다. 에멜린이 북구의 숲속 경치를 설득력 있고 호감 가게끔 묘사하기는 하지만, 한 가지 의문은 판에 박은 것 같은 토끼들……."

안나는 혼잣말을 했다. "그럼, 그렇지." 언제나 모든 일이 간단하지는 않다, 나에게든 누구에게든…….

아이들의 편지는 아직 기다려야 했다. 안전한 방 안에서 안나는 침대 덮개를 덮고, 햇빛이 사라지기 시작했으니 불을 밝히고, 지난번에 멈춘 곳부터 다시 책을 읽기 시작했다. 『지미의 아프리카 모험 이야기』를 읽다 보니 이내 편안해졌다. 안나가 바랐던 대로.

7

추위가 심해졌다. 릴리에베리는 순드블롬 부인이 불편한 다리로 언덕을 올라가서 청소할 수 있도록, 매번 에멜린의 집으로 향하는 언덕길의 눈을 치웠다. 순드블롬 부인은 매주 한 번씩 청소하러 올 뿐이었는데, 심지어 위층은 오래전부터 안 쓰고 잠가 두었지만, 그럼에도 그 나이에는 힘든 일이었으므로 자주 신세를 한탄했다.

"코바늘로 침대 덮개를 떠서 수입이 짭짤하시잖아요." 뉘고르드 부인이 말했다. "에멜린에게 청소 일이 너무 힘들다고 말하세요. 젊은 사람이 넘겨받을 수 있잖아요. 카트리 클링은 가게 일을 그만두었고, 토끼집으로 우편물을 배달해 주니까, 그이하고 한번 말해 보세요."

"그 사람하고요?" 순드블롬 부인이 외쳤다. "카트리 클링에게는 용건 없이 말 섞지 않는다는 걸 잘 아시잖아요. 어쨌건 전 안 해요. 저에게도 원칙이 있으니까요."

"원칙은 무슨 원칙요." 뉘고르드 부인이 물었다.

하지만 순드블롬 부인은 듣지 않는 듯했다. 굳은 얼굴로 창밖을 내다보며, 내리쌓이는 눈에 대해 곧잘 하는 그런 소리를 좀 늘어놓고는 서둘러 자리를 떴다. 뉘고르드 부부는 손님에게 늘 흔들의자를 내주었다. 순드블롬 부인만 온통 불안해하고 초조해해서 흔들의자에 앉지 못했으므로, 언제나 문 앞의 소파베드에 자리 잡곤 했다. 여러 세대가 이곳을 드나들었지만, 그 넓은 부엌이 얼마나 특별한 편안함을 품고 있는지 모르는 사람은 순드블롬 부인뿐인 듯했다. 그 편안함은 사람들로 하여금 마음을 내려놓게 하고, 급한 용무를 잊게 했다. 뉘고르드 부인은 보통 엄청나게 큰 오븐 주위를 돌아다니거나 손을 배 위에 엇갈리게 올려놓고 난로 앞 의자에 앉아 있었다. 마을의 다른 사람들은 모두 집 안의 공간을 너무 차지한다며 난로를 뜯어 버려서, 대체로 부엌이 황량하고 어수선했다. 하지만 뉘고르드 부부의 집은 예전 그대로였다. 딸과 며느리 들은 부인의 패턴과 그의 외할머니가 고른 색깔로 코바늘뜨기를 했다. 뉘고르드 집안의 침대 덮개는 가장 인기가 많았다. 한번은 읍내 가게에서 이 침대 덮개를 팔자는 이야기가 나와서, 사람들은 평소처럼 카트리 클링의 의견을 물었다. 그때 카트리는 말했다. "아니에요. 중간 업자가 있으면 안 좋아요. 이윤을 너무 많이 떼니까 손해 보실 거예요. 사람들을 여기로 오게 두고, 아예 찾아오기 힘들게 하세요. 자기들이 원하는 걸 찾아다니게 해야 해요."

카트리도 다른 모든 사람들처럼 코바늘뜨기를 했지만, 너무 강렬한 색깔뿐인 데다 검은색을 지나치게 많이 썼다.

눈은 연신 내렸고 누구도 눈을 치운다는 말이 전혀 없었으므로, 릴리에베리는 마음에 들건 안 들건 계속 스키로 읍내를 오갔다. 그는 친절한 사람이어서, 큰 물건만 아니면 약이나 속옷, 실내 화초의 비료, 상비용 바느질실 같은 자잘한 부탁도 들어주었다. 하지만 배낭과 썰매에는 물건을 넣을 수 있는 자리가 한정되어 있으니, 그는 일차적으로 우편물과 가게 주인이 원하는 신선한 식재료를 신경 써야 했다. 사람들은 주문한 물건을 가게 주인집의 현관에서 분류했다. 다만 릴리에베리는 도서관의 책만큼은 절대 대출해 주지 않으려 했다. 그리고 마츠에게 필요한 책은 서가 가득 책이 있는 에멜린에게서 빌릴 수 있으리라고 카트리에게 말했다. 릴리에베리도 그 집에서 책들을 보았다. 그러나 카트리는 책에 대해선 안나 에멜린과 이야기하지 않으려 했다. 그리고 토끼집에 우편물을 가져다줄 때 더 이상 긴 장화를 벗지 않았고, 꼭 필요한 몇 마디 말만 하고는 인사를 건넨 뒤 개를 데리고 갈 길을 갔다. 카트리는 포기했다. 자신에게 친절함이라고는 없으므로, 안나 에멜린과 가까워지고자 친절함이라는 수단을 이용하기란 불가능하다는 사실을 깨달은 것이다. 친절함은 독립적인 인간인 카트리에게 너무나 먼 이야기였다.

뉘고르드 부인은 안나에게 전화를 걸고 커피를 마시러 오겠느냐고 물었다. 거리도 아주 가깝고, 누가 데리러 갈 수도 있다고.

"감사합니다." 평소 뉘고르드 부인을 좋게 생각하던 안나는 그렇게 대답했다. "하지만 날씨가 너무 추워졌고, 이럴 때 외출은 보통 일이 아니에요……."

"네, 맞아요. 꼭 필요한 일이 있어야 나가게 되지요. 아니면 나가고 싶을 때나요. 그럼 좀 기다렸다가 어떻게 되는지 봐요. 잘 지내세요? 다 괜찮으신가요?"

"네, 전화 감사해요." 안나가 말했다.

뉘고르드 부인은 잠시 말을 멈추었다가 덧붙였다. "아버님은 가끔 마을에 다녀가셨지요? 기억이 나네요. 수염이 멋진 분이셨는데."

그날 카트리가 우편물을 가지고 왔다.

"아직 가지 마세요. 잠깐만요." 안나가 부탁했다. "클링 양, 저에게 많은 도움을 주셨으니 부모님 집을 보여 드리고 싶어요."

둘은 함께 방에서 방으로 집을 돌아보았다. 방 하나하나가 흐트러짐 없이 질서를 갖추고 있었다. 카트리에게는 각각의 방들 사이에 별 차이가 없는 듯 보였다. 온통 빛바랜 푸른 빛이고 어딘가 우울했다. 안나는 계속 설명했다. "이게 아빠가 신문을 읽던 의자예요. 가게에서 신문을 가져오는 건 아빠만의 권한이었고, 아빠는 신문을 늘 순서대로 읽으셨어요. 아주 가끔만 왔지만요……. 그리고 이게 엄마가 저녁에 사용하던 등불이에요. 엄마가 직접 수를 놓으셨지요. 이건 해외에 갔을 때 찍은 사진이에요……." 카트리는 아주 조용했고, 가끔씩 떨떠름하게 반응했다. 결국 2층까지 안내받았는데, 얼음장같이 추웠다. "여기는 언제나 추웠어요." 안나가 이야기했다. "여기엔 늘 하녀만 살았지요. 손님방들은 보통 비어 있었어요. 아빠는 손님맞이를 별로 좋아하지 않았거든요. 일상의 흐름을 방해한다고요. 아시겠지요……. 하지만 편지를 엄청나게 많이 쓰셨고, 직접 가게에 가서 부치셨어요……. 클링양, 아시겠어요. 아빠는 마을에 아는 사람이 거의 없으셨지만, 그래도 지나가시면 다들 절로 모자를 들어서 인사를 했답니다."

"그래요?" 카트리가 대답했다. "그럼 아버지도 모자를 벗으셨나요?"

"모자라." 안나가 어쩔 줄 모르며 대답했다. "모자가 있기는 했는지······. 이상한 일이지요. 모자가 기억나지 않아요." 그러고는 바로 이야기를 이어 갔다.

카트리는 안나가 흥분했음을 알아챘다. 그녀는 너무 많이 말했다. 이번에는 성탄절에 마을의 가난한 이들을 찾아다니며 흰 빵을 나누어 준 엄마의 이야기였다.

"그 사람들은 마음이 상하지 않았나요?" 카트리가 말했다.

안나는 재빨리 눈을 들었지만 곧장 돌렸다. 그러고는 씩씩하게 아빠의 우표 앨범, 엄마의 요리책, 테디라는 이름의 강아지 방석, 잘한 일과 잘못한 일을 모두 적어 두었다가 한 해의 마지막 밤에 진지하게 훑어보는 아빠의 달력 이야기까지 계속했다. 안나는 부모님의 집을 마구 돌아다니며, 모든 물건의 가치와 소중함에 대해 처음으로 의심을 품기 시작했다. 안나는 거침없이 돌진했고, 금기를 건드린다는 해방감에 휩싸여서 멈출 수 없었다. 손님인 카트리는 억지로 점점 많은 것들을 들여다보며, 자신의 침묵과 마주치기도 전에, 정작 핵심은 증발해 버린 안나 아버지의 일화들을 연신 들을 수밖에 없었다. 마치 교회에서 누가 소리 내어 웃는 상황과도 비슷했다. 감히 손댈 수 없이 소중한 무언가가 심각하고 파렴치한

공격에 노출되는데도 안나는 그대로 두었다. 안나의 목소리는 높아지고 날카로워졌으며, 급기야 문턱에 걸리는 바람에 카트리의 부축을 받아야 했다. "선생님, 이제 헤어질 때예요." 카트리의 말에 안나는 아주 잠잠해졌다. 카트리는 상냥하게 덧붙였다. "부모님은 아주 특별한 분들이셨네요."

마당으로 나온 카트리는 담배에 불을 붙였다. 개가 다가왔고, 둘은 큰길로 내려갔다. 다시 의심이 들었고, 거듭 질문이 생겼다. '왜 나는 그 말을 했을까? 안나를 위해서, 그녀의 영웅들을 배반했다고 느끼지 않게끔 하려고? 그건 아니지! 나를 위해서? 그것도 아니야! 어떤 사람이 상황을 마구 굴리기 시작했으니 누군가는 정지시켰어야 했어. 지나친 건 말려야지. 그 이상도 이하도 아니야.'

카트리가 떠나자 안나는 한기를 느꼈다. 갑자기 집 안이 사람들로 가득한 것 같았고, 엉뚱하게도 누군가와 통화하고 싶어졌다. 누구라도. 하지만 무슨 말을 하겠는가? 이미 그렇게 실컷 떠들어 댔으니 그보다 더 할 말이 남아 있지도 않을 터다……. 안나는 생각했다. '어쨌건 내가 보여 주지 않은 게 하나 있어. 내 작업은 안 보여 줬지.'

그것은 엄마, 아빠하고 아무 상관이 없지만.

청소를 하는 수요일, 순드블롬 부인은 토끼집에서 집으

로 향하다가 카트리와 개를 만났고, 언덕에 멈추어 서서 말했다. "상관할 일은 아니지만, 선생님께서 몇 주일째 신선한 식재료를 못 받았어요. 내가 갖다 드린 것만 제외하고는."

카트리가 대답했다. "에멜린 선생님은 내장을 안 좋아해요."

"어떻게 알아요?"

"그렇다고 했어요."

"그리고 냉장고는 왜 새로 정리했죠?"

"지저분했으니까요."

순드블롬 부인은 천천히 얼굴을 붉혔고, "클링 양. 청소는 내 영역이에요. 그리고 나는 늘 하던 대로 청소할 뿐이고, 내 일에 다른 사람이 간섭하는 건 싫어요."라고 대답할 때는 몸이 점점 부풀어서 급기야 길을 가득 채울 것만 같았다.

카트리는 대답 없이 미소 지었다. 누구라도 당황하게 하는 늑대의 미소였다. 순드블롬 부인이 큰 소리로 외쳤다. "그래요! 그래! 나는 에멜린의 판단이 흐려졌다면서 슬슬 접근하는 사람들을 좀 알죠." 그러고는 큰 덩치를 이끌고 언덕을 내려갔다.

토끼집에 도착한 카트리는 보따리를 현관에 내려놓고 집 안으로 들어갈 수 없다고 말했다.

"시간 없어요? 조금이라도요?"

"시간은 있어요. 하지만 여기 있다가 갈 수는 없어요."

"클링 양, 이곳에 있는 게 싫어요?"

"아니요." 카트리가 대답했다.

그러자 안나는 미소 지었고, 평소처럼 혼란스러워하지도 않은 채 말했다. "클링 양, 알아요? 당신은 정말 독특한 사람이에요. 전 이렇게 무시무시하게 — 정말 두렵다는 뜻으로 하는 말인데 — 정직한 사람은 처음 봐요. 이건 중요한 이야기라고 생각하니까, 잘 들어 보세요. 당신은 젊고 인생을 잘 모를 수도 있겠지만, 제 말을 믿어요. 대부분의 사람들은 실제의 자기 모습, 자신의 생각과 다른 역할을 하려고 하지요." 안나는 잠시 생각하더니 덧붙였다. "뉘고르드 부인은 그렇지 않지만, 그건 또 다른 이야기고요……. 아시겠어요? 저는 사람들이 아는 것보다 훨씬 많은 걸 보아요. 좋은 뜻으로 하는 말이니까, 오해하지는 마세요. 제가 지금까지 살아오는 동안, 사람들은 언제나 제게 친절하게만 대했어요. 하지만 그래도……. 클링 양, 당신은 언제나 당신 자신이고, 그건 어떤 느낌이냐면……." 안나는 머뭇거리다가 말을 이었다. "달라요. 당신을 믿게 돼요."

카트리는 안나를 바라보았다. 안나는 마치 지나가는 말처럼, 그러나 상냥하면서도 진지하게, 카트리더러 토끼집을 정복해도 좋다고 신호를 보낸 것이다. 안나는 계속 말했다.

"클링 양, 오해하지는 마세요. 하지만 어떤 면에서 저는 당신이 남들 기대대로 말하지 않는다는 데 반했어요. 이렇게 말해도 괜찮다면, 당신에게는 사람들이 예의라고 말하는 그런 게 없어요……. 그런데 예의란 때때로 속임수잖아요. 그렇지 않아요? 무슨 말인지 알겠어요?"

"네. 알아요." 카트리가 대답했다.

카트리는 개를 데리고 곳으로 나갔다. 눈은 다시 얼어붙어서 디딜 수 있었다. 곧 봄이 가까워지겠지. 카트리 클링의 봄. 정정당당하게 싸운 카트리 클링은 결국 일회전에서 승리했고, 이루려 하던 모든 것이 손 닿는 데 있었다. 새로운 힘으로 가득 찬 그녀는 굳은 눈을 깨트리며 해변의 눈보라를 헤치고 달려 나갔다. 그러고는 무릎까지 눈 속에 파묻힌 채 팔을 들고 서서 소리 내어 웃었다. 개는 등대로 향하는 길에 멈추어 서서 으르렁거렸다. 목 깊은 곳에서 울리는 경고의 울부짖음이었다. "조용히 해." 카트리가 말했다. "앉아." 자기 스스로에게 하는 명령이었다. 이제 남은 문제는 침착하고 사려 깊게 처신하는 것이었다. 게임은 계속될 테고, 이제 카트리는 자신만의 무기로 싸우리라. 그 무기는 순수하다고, 카트리는 믿었다.

8

"여기 제가 서명하고 연서한 인출 신청서가 있어요. 그
래도 가져가기 전에 선생님이 한번 보시는 게 좋겠지요. 이건
전에 릴리에베리가 인출하던 돈이에요."

"친절하시네요."라고 말하면서 안나는 봉투를 책상에 놓
았다.

"확인하셔야 하지 않아요?"

"왜요?"

"제대로 되었는지 살피기 위해서지요."

"자, 들어 보세요." 안나가 말했다. "저는 제대로 되었으
리라고 확신해요. 릴리에베리는 지금도 스키를 타고 읍내에
가나요?"

"네, 그래요." 카트리는 잠시 시간을 끌면서 답했다. "선생님, 제가 드릴 말씀이 있어요. 릴리에베리는 눈을 치우거나 하수도 일을 하고서 돈을 지나치게 받아 갔어요. 그래서 제가 그에게 말하고 돈을 돌려받았지요. 여기 있어요."

"하지만 그럴 수는 없죠." 안나가 외쳤다. "그러는 건 아니잖아요……. 그리고 어떻게 확신하시죠?"

"시가를 알아보았고, 그 사람에게 얼마를 받았는지 물어봤어요. 아주 간단한 일이에요."

"믿을 수 없어요." 안나가 말했다. "릴리에베리 형제들은 다 저를 좋게 생각해요. 제가 알아요."

"저를 믿으세요, 선생님. 사람들은 자기가 속일 수 있는 상대를 조금 덜 좋아하지요."

안나는 머리를 흔들며 말했다. "참 난감하네요. 다락 창문으로 눈이 들이치는 지금……."

"믿으세요." 카트리가 거듭 말했다. "난감한 일이 아니에요. 릴리에베리는 선생님이 원하시면 창문을 수리하러 올 거고, 전보다 선생님을 더 어렵게 생각하면서 적절한 값에 고쳐 줄 거예요."

하지만 안나는 마음이 편치 않았다. 모두 다 쓸데없으면서 괴로운 이야기라 여겼고, 이제 릴리에베리와는 두 번 다시 자연스럽게 지내지 못하리라고 생각했다. 그리고 돈은 사람들 생각처럼 중요하지 않다고 여겼다.

"마르크와 페니가 중요하지 않을 수는 있지요." 카트리가 대답했다. "하지만 정직한 것, 그리고 속임당하지 않는 것은 중요하지요. 남의 돈을 취하는 것은, 그 돈을 늘려서 공정하게 나누어 줄 때에만 용서받을 수 있는 일이에요."

"한 번에 별말씀을 다 하시네요." 안나는 딴생각을 하면서 대꾸했다.

카트리는 끝내 조심성을 잃은 채 말했다. "말이 나왔으니 말인데, 순드블롬 부인은 얼마를 받나요?"

안나는 몸을 일으키고, 아빠가 하인들을 부릴 때와 똑같이 단호한 투로 말했다. "클링 양, 그런 세부 사항은 정말 기억나지 않습니다."

9

마츠 클링과 릴리에베리는 큰길에서 만났다.

"개를 데리고 나왔네." 릴리에베리가 말했다.

"네. 에멜린을 찾아가서 다락 창문 이야기를 하려고요."

"네가 수리할 거라던데? 눈이 들이친다고."

"싱크대는 또 막혔고요."

"그렇군. 네 누나가 시키는 거겠지만, 뭐 그것도 괜찮아. 근데 날이 풀리고 있으니 조선소로 돌아올 생각을 해야지. 네가 해야 할 잔일이 좀 있어. 그리고 내가 보니까 너 물 쪽에서 창고로 들어가더라."

"다른 사람들에게는 말 안 했죠?"

"안 했지. 뭐 하러 하겠어. 그리고 읍내에서 눈을 치웠다고."

마츠는 고개를 끄덕였다.

"순드블롬 부인이 에멜린의 집안일을 그만둔다면서." 릴리에베리가 말을 이었다. "더는 언덕을 올라가기가 힘들어서라고 하지만, 다르게 생각하는 사람들도 있어."

마츠는 고개만 까딱이며 귀는 기울이지 않았다.

둘은 인사를 나누고 헤어진 뒤 각자 갈 길을 갔다.

토끼집 주변에는 전나무가 빽빽하게 자라나 있어서, 뒷마당은 언제나 그늘져 있었다. 마츠는 적적한 곳이라고 생각했다. '아주 쓸쓸한 집이네. 너무 커서 그런지도 몰라.' 개는 평소와 같은 자리, 부엌으로 올라가는 계단 옆에서 발 사이에 코를 박고 있었다.

"네가 마츠구나." 안나 에멜린이 말했다. "와 줘서 고마워. 연장도 가지고 왔구나. 그런데 창문은 급하지 않아……. 장화를 벗고 잠시 들어오렴." 안나는 개를 가리키며 말했다. "개도 데리고 들어와서 몸을 좀 녹이게 하지 그러니? 누나는 개를 불러들인 적이 없단다."

개한테는 바깥이 더 좋으리라고 마츠가 대답했다.

"하지만 목이 마르지 않을까? 아니면 혹시 눈을 먹니?"

"그건 아닐 거예요."

"우리 강아지!" 안나가 개를 불렀다. "개 이름은 뭐니?"

"걱정 마세요. 개는 괜찮아요." 마츠는 장화를 벗었다.

두 사람은 응접실에서 커피를 마셨다. 마츠는 대화하기를 피했지만, 간간이 집주인에게 미소 지으며 종종 마음에 든다는 눈빛으로 실내를 둘러보았다. 안나 역시 반가웠다.

"눈에 빛이 반사되는구나." 안나가 말했다. "눈에 반사된 빛으로 보면 모든 것이 아름답게 보여." 안나는 마츠 클링이 좋았다. 그가 문으로 들어온 순간부터 편안하게 느꼈다. '남매가 참 품성이 다르기도 하지. 하지만 말수가 적은 건 둘 다 똑같구나.'

"글쎄, 난 처음에 네 누나가 무서웠단다. 참 바보 같지." 안나가 말했다.

"정말 바보 같네요." 마츠는 대답하고서 다시 미소 지었다.

"그래. 마치 낯선 큰 개를 보고, 개가 가만히 있어도 겁을 내는 일이나 마찬가지지. 지금은 카트리가 청소를 도와준다고 한 일이 참 다행이라고 생각해."

순드블롬 부인의 무시무시한 그림자가 한순간 스쳐 지나갔다. 안나는 과거의 잔상을 떨쳐 버리듯 한숨을 쉬더니 다시 말을 잃었다.

마츠가 말했다. "아줌마는 『지미의 아프리카 모험 이야기』를 읽으시네요. 좋은 책이죠."

"좋아."

"그런데『지미의 오스트레일리아 모험 이야기』가 더 나아요."

"그래? 계속 잭과 함께 다니니?"

"아니요. 잭은 남아메리카에 그냥 남죠."

"아아, 그건 유감이네." 안나가 말했다. "내 말은, 두 사람이 함께 모험을 시작했으니 계속 같이해야 한다는 거야. 아니면 속이는 거나 마찬가지지." 안나는 일어서서 말했다. "여기 와서 내 책 좀 구경할래? 포레스테르의『바다 이야기』는 읽었니?"

"아니요."

"잭 런던은?"

"외국 사람이잖아요."

"얘야." 안나가 말했다. "읽어 보고 말하렴. 너는 진짜 모험이 뭔지 아직 모르니까 말이야."

마츠는 웃었다. 안나의 높고 하얀 책꽂이는 기둥 조각이 근사한 멋진 가구였다. 둘은 함께 책꽂이를 꼼꼼히 살펴보았고, 아주 소중한 물건들을 두고서만 나눌 법한 질문과 논평을 했다. 안나의 책꽂이에는 모험담밖에 없었다. 뭍에서, 바다에서, 열기구를 타고, 땅속과 바다 밑에서 모험하는 이야기. 대부분은 아주 오래된 책들이었다. 이 책들은, 다른 모든 면에서 비이성적 환상과 아주 동떨어진 삶을 살아온 안나의 아빠가 한평생 수집한 것이었다. 안나는 때때로 아빠가 이 장서를 소중하게 여기는 마음씨밖에 가르쳐 주지 않았노라고 생각했지만, 그것이 아버지의 다른 면모마저 가리지는 않았다.

마츠가 책을 한 보따리 들고 귀가할 때까지, 다락 창문에 대해서는 언급하지 않았다. 그는 다른 날 『지미의 오스트레일리아 모험 이야기』를 가지고 다시 방문하기로 약속했다. 그리고 안나는 읍내의 서점과 긴 통화를 나눴다.

마츠는 창문과 하수구를 고쳤다. 눈을 치우고 나무를 패고, 안나의 아름다운 벽난로에 불을 지폈다. 둘 사이에는 조심스럽고 희미한 우정 같은 무언가가 생겨났고, 오로지 책 이야기만 했다. 같은 주인공이 등장하는 연작이라면 자세히 설명할 필요도 없이, 마치 이웃에 대해 이런저런 이야기를 하듯, 자연스레 대화할 수 있었다. 두 사람은 비판도 하고 칭찬도 하면서, 유산이 정당하게 분배되고, 새로운 커플이 결혼하고, 악당이 끝장나는 행복한 결말을 경탄해 가며 자세히 논했다. 안나는 가지고 있던 책들을 다시 읽었다. 갑자기 모험가 친구들이 많이 생긴 기분이었고, 이전보다 명랑해졌다. 마츠가 저녁에 오면, 둘은 부엌에서 차를 마시며 각자 책을 읽고 이야기를 나눴다. 그러다 카트리가 나타나면 둘은 침묵했고, 다시

떠날 때까지 기다렸다. 문이 닫히고, 카트리는 집으로 돌아
갔다.

안나가 물었다. "누나도 우리 책을 읽니?"

"아니요. 순수 문학을 읽어요."

"참 진기한 사람이야." 안나가 말했다. "그리고 수학도
잘하고."

10

봄이 되자 바다에서 첫 폭풍이 들이쳤다. 강하고 따뜻한
바람이었다. 눈은 이미 묵직하게 바스러졌다. 폭풍이 치는 숲
의 커다란 눈덩이들은 가지에서 떨어졌고, 그 해방의 순간에
부러지는 가지들도 많았다. 숲 전체가 움직임으로 가득했다.
안나는 저녁이면 집 뒤편의 나무 아래에 조용히 멈춰 서서 오
래도록 귀 기울였다. 자연이 봄을 준비할 때면 어딘가 긴장감
이 돌았고, 안나는 이를 알아채고 반가워했다. 이 무렵 안나
의 토끼 같은 얼굴은 달라졌고, 모질다고 할 만큼 굳어졌다.
나무가 바람에 흔들릴 때면 목소리, 음악, 멀리서 울리는 외
침이 생겨났다. 안나는 혼자 고개를 끄덕였다. 긴 봄이 막 시
작되는 중이었다.

들판에 다가갈 때가 되었다.

다음 날에도 폭풍이 계속되었다. 카트리는 집으로 돌아
와서 계단의 눈을 털었다. 가게는 사람으로 가득했고, 열기와
긴장감으로 시큼한 냄새가 감돌았다. 돌연 조용해졌을 때, 순
드블롬 부인이 말했다. "아이고, 안녕하세요? 에멜린은 오늘
어떤가요? 새로 서명을 해 줬나요?"

가게 주인이 웃었다. 카트리는 이들을 지나쳐서 계단으
로 향했다.

"그러니까요." 후스홀름의 에밀이 말을 이었다. "시절이
이러니까 조심해야 해요. 도둑들이 여기로도 올 거라고요. 머
지않았어요. 조만간 우리도 밤에 문을 잠가야 할지 몰라요."

"경찰관은 뭐래요?" 릴리에베리가 물었다.

"경찰관이 뭐라고 하겠어요? 여기저기 돌아다니며 물어
보고는 자리로 돌아가서 보고서나 쓰겠죠. 그 인간들은 심지
어 바람 조절판의 끈까지 가지고 갔다는데."

"아이고 세상에." 순드블롬 부인이 외쳤다. "그런데 우리
에멜린은 제대로 된 자물쇠조차 하나 없어요. 조심해야 할 텐
데!"

카트리는 계단에 멈추어 섰다.

"그 일을 당한 사람은 뭐 본 것도 없대요? 딱하지." 릴리

에베리가 물었다.

"아무것도. 저택 안에서 무슨 소리가, 누군가가 움직이는 소리가 들려서 들어갔다가 바로 머리를 맞은 거죠. 그렇게들 말해요."

마츠는 침대에 누워서 책을 읽고 있다가 말했다. "누나 안녕? 연락선 포구에서 난 불 이야기 들었어?"

"들었지." 카트리는 대답하면서 외투를 걸었다.

"흥미진진하지 않아?"

"응, 그래." 카트리가 대답했다. 카트리는 창문 앞 테이블 옆에서 마츠에게 등을 돌린 채 아무 책이나 펼쳤고, 방 안에는 침묵이 흘렀다. 잠시 생각하려고 숨어든 책의 제목이 하필『경찰을 속이는 칼레』인 줄은 전혀 몰랐지만, 이런 재미난 우연조차 카트리의 눈에는 전혀 뜨이지 않았으리라.

토끼집에 침입하는 상상을 하는 동안 카트리는 한순간도 이 계획이 유치하다고 여기지 않았고, 그저 기회가 왔다는 것, 마을의 분위기가 바뀌고 흥분이 가라앉기 전에 이 기회를 이용해야만 한다고 생각했다.

늦은 밤에 카트리는 개에게 따라오라고 손짓하고는 손전등과 장갑, 감자 자루를 들고 눈바람 속으로 나갔다. 바닷가의 바람 소리는 진짜 모험 이야기에서처럼 거칠었고, 길을 찾기가 힘들었다. 손전등은 크게 도움이 되지 않았고, 발이 자꾸만 길가 눈 더미에 빠져서 거듭 빼내야 했다. 느릿느릿 앞으로 나아갔고 길이 꺾이는 곳을 놓쳐서 되돌아오기도 했다. 개는 평소와 같은 자리, 부엌문 밖에서 기다렸고, 카트리는 장화를 벗지 않은 채 오히려 눈을 양탄자에 듬뿍듬뿍 묻혔다. 이 안에서는 폭풍이 더 가깝게 느껴졌고, 바람은 무슨 사악한 의도를 지닌 힘처럼 확 불었다가 잦아들었다. 카트리는 몸소 닦았던 집안의 은식기가 진열된 주방 테이블에 손전등을 놓고는, 그 희미한 불빛에 의지해서 모두 다 감자 자루에 담았다. 주전자, 설탕 그릇, 크림 주전자, 러시아식 주전자, 후식용 접시 전부. 아주 조심스레 몇몇 서랍을 열어서 바닥에 모두 꺼내 놓았다. 나갈 때는 부엌문을 열어 둔 채 떠났다. 침입은 아주 쉬웠다. 카트리는 이것을 극적이거나 윤리적 고려가 필요 없는, 다만 현실적 행위로만 여겼다. 그저 내기에서 말 몇 개를 움직였을 뿐이고, 안나는 새로운 수에 대응해야 하는 상대방일 뿐이었다.

큰길로 내려온 카트리는 감자 자루를 길가에 던져두고 집으로 갔다. 그러고는 아주 오랜만에 쓸쓸하고 두려운 마음 없이 단꿈을 꾸며 잤다.

안나는 그 밤의 침입을 놀랄 만큼 태연히 받아들였지만, 마을 사람들은 무척 흥분했다. 안나 에멜린은 거의 밖에 나다니지 않았으므로 대부분 어떤 사람인지 몰랐다. 안나는 하나의 개념, 언젠가부터 그 자리에 있었던 표지판 같은 것이었다. 홀로 사는 에멜린의 토끼집에 잠입한다는 것은, 교회나 기념관에 침입하는 일만큼 그릇된 행위였다. 이웃들은 번갈아 가며 안타까운 마음을 표하러 찾아왔다. 토끼집에 들어가 본 적 없는 사람들조차 이제껏 미루었던 방문을 했다. 장롱 서랍은 바닥에 어지럽게 놓여 있었고, 경찰이 오기 전까지 아무도 이 서랍이나 다른 어떤 물건에 손댈 수 없었다. 안나는 범인의 지문이 남아 있을지 모른다고 설명했다. 은식기가 든 감자 자루는 부엌문 안에 있었으나, 마찬가지로 아무도 손대지 못했다. 손님 중에는 커피와 빵을 마련해 온 사람도 여럿이었고, 릴리에베리는 작은 코냑 한 병을 가져왔다.

읍에서 나온 경찰관을 만나며 안나는 제법 즐거운 경험을 했고, 이야기하고 설명하고 사건을 재구성하는 데 도움이 되도록 갖은 노력을 했다. 카트리는 이 모든 사람들을 위해서 커피를 끓였고, 안나는 다 기억할 수도 없을 만큼 훌륭한 조언들을 들었다. 일반적 관점을 요약해 준 사람은 뉘고르드 부인이었다. 동네가 이렇게 불안할 때 안나 에멜린 혼자 살아서는 안 된다고. 그러면 자칫 마을이 당신을 책임지지 못하리라고. 그리고 뉘고르드 부인은 카트리 클링이 임시 보호자가 되면 좋겠다고 제안하면서, 당분간 현관에 개가 있는 것도 나쁘지 않겠다고 했다. 뉘고르드 부인은 나이도 있고 경험도 많아서 널리 존경받는 사람이었고, 경찰관도 그러는 편이 좋겠다고 했다. 커피를 다 마시자 경찰관은 보고서를 쓰러 읍내로 갔고, 마을 사람들도 각자 떠나갔다. 마지막에는 안나와 카트리 둘만 응접실에 남았다.

"네, 그래요." 안나가 말했다. "한바탕 난리를 겪었네요. 그런데 경찰이 왜 지문을 안 받아 갔는지 모르겠어요. 보통은 늘 하는데 말이지요. 그리고 도둑이 왜 자루를 도랑에 던지고 갔는지는 아무도 설명하지 못했어요. 누구 때문에 도둑이 겁을 먹었을까요……. 밤에 사람이라고는 없는 곳인데 말이지요. 개였을까요? 자기 양심 때문은 아니었을 테니까요……. 밤에 개가 밖을 돌아다녔다고 생각해요?"

"그랬을 거 같네요." 카트리가 말했다.

안나는 앉아서 잠시 생각에 잠기더니, 갑자기 카트리에게 추리 소설을 읽느냐고 물었다.

"아니요, 안 읽어요."

"우리도요……. 전 뉘고르드 부인의 말을 생각하고 있어요. 아침에 용감하기는 어렵지 않지만 어둑어둑해지면 다를 수 있다고요. 개를 데려와 주겠다고 해 주셔서 감사해요. 하지만 며칠 밤이면 충분해요. 그러고 나면 다 잊겠지요. 저는 잘 잊어버려요……."

11

카트리는 토끼집으로 거처를 옮겼고, 개에게도 부엌문
안쪽 현관에 자리가 생겼다. 첫날 카트리는 너무 긴장했는지,
아주 단순한 일마저 힘에 부쳤다. 확실한 단 한 가지, 몸을 빨
리 움직이고 최대한 눈에 띄지 않아야 한다는 것이었다. 오랫
동안 홀로 편안하게 살아온 안나의 보호 구역을 절대 침해하
지 않는 그림자가 되어야 했다. 그리고 매 순간이 중요했으므
로 시간은 늘 부족했다. 단 며칠 사이에 이 집을 점령하고, 안
나에게 굳이 혼자가 아니어도 독립이 가능하다는 확신을 주
어야 했으니까. 하지만 안나는 그저 난로 앞에 앉아서 추워할
뿐이었다. 전례 없이 심하게 추웠고, 이 집이 이토록 완전히
텅 비고 버려졌음을 전에는 왜 못 느꼈을까, 의아했다.

잘 자라고 인사하러 들어온 카트리가 조심스레 말했다. "제 생각에는, 자물쇠를 한다고 별로 다를 것 같지 않아요⋯⋯."

"뭐라고요?" 안나가 놀라서 일어나며 말했다. "무슨 자물쇠요?"

"문에 제대로 된 자물쇠가 없다고요. 그런데 안에서 잠그기 시작하면 또 다른 숙제가 생기는 거죠. 새로운 걱정이 생긴다고요⋯⋯."

안나는 불편해하며 말했다. "무슨 말을 하는 거예요. 제가 왜 안에서 잠그겠어요? 여기는 충분히 단절된 곳이에요. 마음 편히 가서 주무세요."

다음 날 아침, 카트리는 눈에 띄지 않게끔 아침 식사를 쟁반에 담아서 안나의 침대 옆에 가져다 두었다. 벽난로에 불을 피우고, 그릇에 빙카꽃을 꽂고, 가운의 옷단을 수선했다. 안나의 접시 옆에는 적절한 책을 책갈피와 함께 펼쳐 두었다. 카트리는 하루 종일 여기저기에서 갖은 잔일을 했지만, 결코 눈에 띄지 않았다. 안나는 점점 염려되었다. 마치 집 안에 유령이 있는 것 같았다. 마법에 사로잡혀서 심부름을 하는 동화 속 성의 요정, 어디에나 있으면서 곧바로 사라져 버리는 바지런한 전설의 존재가 말이다. 뭔가 움직이는 모습이 언뜻 보이지만, 돌아보면 아무것도 없다. 소리 없이 문이 닫힌다. 안나는 외로운 일생을 살면서 처음으로 집 안에 감도는 침묵을 느꼈고, 그 침묵에 등골이 오싹했다. 저녁이면 부엌으로 가서 개 주위를 조심스레 돌았다. 부엌은 비어 있었고, 안나는 서둘러 계단을 올라가더니 문밖에서 외쳤다. "클링 양! 거기 있나요, 아니면 대체 어디 있나요?"

카트리는 문을 열고 물었다. "무슨 일이에요? 무슨 일 있어요?"

"아무것도 아니에요!" 안나가 대답했다. "계속 몰래 돌아다니니까 어디 있는지 전혀 모르겠잖아요. 꼭 벽 속에 쥐가 있는 것처럼요!"

카트리는 전략을 바꿨다. 이제 그녀의 빠른 발소리는 어디서나 들을 수 있었고, 접시를 달그락거렸으며, 뜰에서 양탄자를 두드리고, 안나에게 이런저런 일에 대해 자주 조언을 구했다. 마침내 안나가 말했다. "클링 양, 스스로 얼마든지 결정할 수 있는 일을 왜 저에게 묻는 거예요? 변하셨네요. 제 말을 믿고, 불안해하지 마세요. 걱정할 이유는 하나도 없으니까요."

"선생님, 무슨 말인지 모르겠어요."

"당연히 침입 이야기지요. 우리 집에 침입한 도둑요."

카트리는 웃기 시작했다. 카트리의 웃음은 어딘가 겁나게 하는 그 미소와는 전혀 달라서, 얼굴 전체가 온통 환하게 피어나고 아주 예쁜 치아가 드러났다.

안나는 카트리를 유심히 바라보더니 말했다. "웃는 모습 처음이네요. 아주 가끔만 웃나요?"

"그렇죠. 아주 가끔."

"그럼 뭐가 그렇게 재미있나요? 여기 도둑이 든 일이요?"

카트리는 고개를 끄덕였다.

"흠, 재미라……. 이유야 어쨌건 평소하고 다르시네요. 처음 뵈었을 때가 더 좋았는데."

3시쯤 전화가 왔고, 카트리는 수화기를 들었다.

"아, 카트리군요." 가게 주인이 말했다. "에멜린은 이제 전화를 안 받나 봐요? 경찰이 도둑을 잡았다고 전해 줘요. 다른 집에 침입했다나. 집 지키는 일은 잘되고?"

카트리는 말했다. "우유 두 병하고 이스트를 챙겨 주시고, 계산서에 달아 주세요."

"빵도 만들기 시작한 거야? 토끼집이 제대로 살림을 시작했네."

"네, 그럼 다 됐어요. 또 필요한 게 있으면 전화할게요." 카트리는 전화를 끊은 뒤 바로 부엌으로 갔다.

"그런데 가게 주인이 왜 전화를 했지요?" 안나가 뒤에서 물었다. "그쪽에서 먼저 전화를 한 적이 없었는데요."

"이스트를 주문했어요. 밀가루는 이미 있고요." 카트리는 반쯤 열린 문에 멈추어 서서 안나를 똑바로 바라보았다. 그러고는 결국 아주 짧게 말했다. "잡았대요."

"무슨 말이죠?"

"도둑 말이에요. 이제 위험하지 않아요."

"아, 다행이네요." 안나가 말했다. "뜻밖이에요. 그 경찰이 별로 미덥지 않았거든요. 어쨌건 잊어버리기 전에 말할게요, 마츠에게 카트리 방의 난로를 좀 봐 달라고 해 주겠어요? 연기 흡입이 안 돼요. 된 적이 없죠. 이런 날씨가 이어지면 감기든 뭐든 걸릴 거예요." 안나는 대화를 딱 끊듯이 마치고서 다시 읽던 책을 잡았다.

저녁 무렵 카트리는 응접실 난로에 불을 때려고 땔감을 들여왔다. 그리고 말했다. "다 젖었어요. 땔감을 덮을 지붕이 필요하겠어요. 땔감 창고를 만드는 거죠."

"안 돼요. 아빠는 땔감 창고를 원하지 않았어요."

"하지만 머지않아 비 내리는 계절이 올 텐데요."

"자, 들어 보세요." 안나가 말했다. "우리는 언제나 목재를 벽 옆에 쌓아 놓았어요. 물론 창고는 이 집의 완벽한 균형을 망가뜨릴 거예요."

카트리는 특유의 음침한 미소를 지으며 대답했다. "아니, 이 집이 뭐 그렇게 엄청나게 아름답지는 않잖아요. 그 시기에 지어진 집 중에 더 흉한 것도 봤지만요."

나무가 타들자 안나는 다시 불 앞에 앉아서 말했다. "불이 있으니 좋네요." 그러고는 지나가듯 말했다. "그리고 다시 전처럼 하시니까 편하네요."

다음 날 안나는 세 사람을 위한 작은 파티를 마련하겠노라고 선언했다. 카트리에게, 그날은 부엌에서 식사할 필요가 없다면서. 식탁에 은식기를 꺼내 놓고, 포도주와 양초도 준비하리라.

안나는 식탁 준비를 아주 꼼꼼하게 살폈고, 카트리의 세대, 카트리가 받은 교육에서는 지극히 당연한 것으로 배우지 못했을 세부 사항들을 수정했다. 마츠는 정해진 시각에 도착했는데, 상냥했지만 약간 어쩔 줄 몰라 했다. 안나는 만찬을 위해서 옷을 갖추어 입었다. 집주인 역할을 어렵게 여긴 적이 없었건만, 오늘만큼은 사교적 감각이 평소 같지 않았다. 대화로 이어지는 데 성공하지 못한 몇 마디 말들이 오간 뒤, 안나는 손님들의 침묵을 못 느끼는 척 식사를 진행했다. 음식을 내려고 카트리가 일어날 때마다, 안나는 잠시 서둘러 눈을 들었다가 다시 시선을 돌렸다. 등을 모두 밝힌 상들리에 아래의 식탁은 아름다웠고, 벽에 붙은 등불도 켰다. 후식이 들어왔다.

안나는 포도주잔을 건드렸지만 들지는 않았다. 그녀가 갑자기 움직임을 멈추자 손님들도 그 영향을 받았고, 한순간 굳어 버린 방 전체는 마치 사진처럼 고요했다.

안나는 입을 열었다. "주의를 기울인다는 것. 다른 사람과 얘기를 나누지 않고 주의를 기울이기란 꽤 드문 일이지요. 네, 자주 있는 일은 아니리라고 생각해요……. 말을 하지 않아도 다른 사람이 무엇을 필요로 하고, 또 원하는지 알아내려면 아마 통찰력과 사려 깊은 생각이 필요할 거예요. 종종 스스로도 알기 어려워요. 사람에게 고독이 필요하다고 생각하면서도, 반대로 사람들과 어울리는 자리가 필요한 것 같기도 하고요……. 알 수 없어요. 언제나 아는 건 아니지요……." 안나는 말을 끊었다. 적절한 말을 찾다가 잔을 들고 술맛을 보았다. "이 포도주는 시네요. 너무 오래된 거 아닌가 모르겠어요. 혹시 장 어딘가에 아직 따지 않은 마데이라가 있나요? 아니, 그냥 두세요. 제가 그냥 계속 말하게 해 주세요. 제가 하려던 말은, 이 세상엔 이해하고 듣기 위해, 다른 누군가의 존재 방식에 익숙해지기 위해 시간을 들이는 사람이 적다는 거예요. 클링 양, 저는 며칠 전에, 클링 양이 제 서명을 똑같이 쓸 수 있음에 정말 신기하다고 생각했어요. 그건 클링 양의 깊은 배려, 다른 사람이 아닌 저만을 위한 배려의 결과예요. 아주 특별한 일이지요."

"뭐 그렇게 특별하진 않아요." 카트리가 말했다. "마츠, 크림 좀 건네줘. 관찰의 문제일 뿐이지요. 습관과 행동 방식을 관찰하고 무엇이 부족한지, 무엇이 불완전한지를 파악하고 해결하는 거예요. 습관이지요. 할 수 있는 데까지 처리하고 그다음에는 두고 보는 거예요."

"뭘 두고 보나요?" 혼란해진 안나가 물었다.

"다음에 어떻게 되나, 보는 거죠." 카트리는 대답하면서, 완전히 노랗게 물든 눈동자로 안나를 똑바로 바라보았다. 그리고 아주 느릿느릿 말을 이었다. "에멜린 선생님, 사람들이 서로에게 하는 행동은 그 자체론 아무 의미도 없어요. 중요한 건 이들의 목적, 이들이 뭘 원하고 어디에 도달하고자 하는가, 이지요."

안나는 잔을 내려놓고 마츠를 쳐다보았다. 대화를 따라가는 데 관심 없는 마츠가 미소를 지었다.

안나가 말했다. "클링 양. 별난 걱정을 하시는군요. 사람들이 무언가 도움을 주거나 기쁨을 줄 일을 발견했다면, 그 사람들은 바로 그걸 찾고 있었던 거지요……. 마데이라는 어떻게 되었나요. 아니면 포트와인이든지, 하여튼 찾는 대로 부탁해요. 아빠의 제일 좋은 잔을 꺼내세요. 위쪽 높은 데 있어요. 그리고 제가 할 말이 있으니 중간에 막지 마세요." 안나는 조급해하며 기다렸다. 술잔이 가득 차자 안나는 마치 짜증이라도 난 듯이 급하게, 현재 비어 있는 위층으로 카트리와 마츠가 들어왔으면 좋겠다고 선언해 버렸다. 식탁에서 일어선 안나는 건배마저 잊어버린 채, 저녁들 즐겁게 보내라고 인사하더니 남은 토론은 다음으로 미루자며, 마츠에게 난롯불이 제대로 다 타면 잊지 말고 바람 조절판을 닫아 달라고 당부했다.

자기 방으로 들어온 안나는 갑자기 겁이 났다. 몸을 심하게 떨며 방 안에서 기다렸지만, 카트리는 오지 않았다. 카트리가 와야 할 텐데. 결국 안나는 이불 아래로 들어가서 돌이킬 수 없는 결정을 했다. 더 이상 외롭지 않기로. 실내는 너무 더웠고, 침묵은 너무 길었다. 안나는 이불을 던지고 일어났다. 응접실은 비어 있었고, 현관에서는 개가 발에 차였다. 익숙하지 않은 일이었다. 미안하다고 말한 뒤, 급기야 눈이 오는 바깥으로 나갔다. 바람에 문이 닫혔다. 숲을 향해서 몇 계단을 내려가자 추위가 부드러운 경고처럼 안나를 덮쳤고, 그녀는 멈추어 섰다. 카트리는 부엌 창가에 조용히 서서 기다렸다. 안나가 돌아왔고, 문은 다시 소리 내며 닫히더니 한참 동안 고요가 흘렀다. 잠시 후 놀란 안나가 큰 소리로 외쳤다. "클링 양, 개털이 빠져요! 곳곳에 털이에요. 털을 빗겨 주셔야겠네요!"

카트리는 안나의 발소리가 멀어질 때까지 기다렸다. 그러고는 숨을 깊이 들이쉬고 소리 없이 계속 설거지를 했다.

12

에드바르드 릴리에베리의 차로 이삿짐을 옮겼고, 아주 간단했다. 종이 박스 몇 개와 큰 여행 가방 둘, 그리고 작은 책상 하나와 책꽂이 하나가 전부였다.

"별거 아니지." 릴리에베리는 말했다. "바로 옆으로 가는 건데 뭐. 어느 마을에나 교통수단이 있는 건 아니니까." 그의 웃음소리는 듣기 좋았다. 카트리는 가겟집 위층 바닥을 솔질했다. 달리 화풀이할 데 없는 여자들이 그러듯 분노로 꼼꼼하게. 질투와 사소한 이익에 관한 이웃 사람들의 낯부끄러운 대화들, 하고 많은 밤들의 시커먼 생각들을 쓸어버렸고, 특히 가게 주인이 이런저런 핑계를 대며 줄곧 서 있던, 계속 증오해야 할지 아니면 조금이라도 자기 욕망을 타진해 볼 수 있을

지 호시탐탐 엿보던 문지방을 닦았다. 방은 병원처럼 깨끗해
졌고, 마치 폭풍이 휩쓸고 간 작은 섬처럼 텅 비었다. 릴리에
베리는 여행 가방에 짐을 넣으며 말했다. "자, 작은 마녀, 올
라타! 신데렐라가 궁궐로 가네!" 차에 시동을 걸자 가게 주
인이 말했다. "에멜린에게 인사를 전해 줘! 토끼 고기를 들
여올 거라고! 갓 잡은 신선한 고기로! 에멜린을 위해서 특별
히……." 마을 아이들은 한동안 차를 따라 뛰었고, 눈 뭉치를
던졌다.

"그렇지." 릴리에베리가 말하며 카트리에게 미소 지었
다. "누군가 성공을 했으니 세상이 야단법석일 수밖에."

안나는 읍내에 사는 어릴 적 친구 실비아에게 전화를 걸
었다. 지금 당장 통화할 수 있는 다른 사람이 없었다.

"오랜만이네." 실비아의 노래하는 듯한 목소리가 들렸
다. "거기 숲속은 어때?"

"좋아. 다 괜찮아……." 안나는 숨을 헐떡였다. 그들이
곧 들이닥칠지 모른다. 안나는 그동안 일어난 일들을, 순서도
뒤죽박죽인 채로 친구에게 급히 들려주려고 했다. 카트리, 마
츠, 개……. 모든 게 달라지리라, 모든 게…….

"방을 세줬다는 거야?" 실비아가 물었다. "그럴 필요 없
잖아. 넌 아주 여유로우니까, 안 그래? 그런데 지금 뭐 새로

하는 작품 있어? 작은 이야기나?"

창작에 관한 실비아의 관심은 안나에게 언제나 소중했지만, 요즘 자신은 겨우내 일을 전혀 하지 않는다, 그 점은 실비아도 알지 않느냐고 잘라 말하고는, 바로 카트리의 이야기를 이어 갔다. 베란다 창으로 큰길을 관찰하면서.

"아이고, 세상에." 잠시 말이 끊겼을 때 실비아는 말했다. "흥분한 목소리 같은데, 괜찮은 거야?"

"그래, 그래, 괜찮아⋯⋯."

실비아는 안나에게 자기가 집을 어떻게 수리했는지 얘기하고, 새로 시작한 수요일 문화 모임에 대해서도 들려주었다. 안나도 그 모임에 들어왔으면 좋겠다고, 함께 와서 인사를 하라고. 꼼짝도 않고 살기란 영 좋지 않으며, 자신은 남편을 잃은 이후로 줄곧 그렇게 생각했다고. 사람은 외롭게 지내면 안 된다, 그러면 온갖 잡념이 생긴다⋯⋯.

"난 외롭지 않아!" 안나가 외쳤다. "내내 그 이야기를 하고 있잖아! 이제 나의 가정은 넷이 될 거야, 알겠어? 개까지 모두 넷이라고⋯⋯. 릴리에베리의 차가 오네. 지금 오는구나." 안나는 속삭였다. "이제 끊어야 해⋯⋯."

"그럼 또 통화하자. 조심하고, 뭐든지 너무 조급하게 하지 마. 세를 놓을 때는 정말 신중해야지. 다들 그렇게 말하잖아. 그리고 시간 될 때 언제 한번 들러."

"그래, 그래, 이만 안녕, 끊자……."

"안나, 안녕."

그들이 언덕을 올라왔다. 안나는 창 바로 옆에 서서 그들의 모습을 바라보았다. 돌연 길이 닿는 곳까지 멀리 도망쳐 버리고 싶은 충동 때문에 심장이 뛰기 시작했다. 정말 어리석었다. 왜 그렇게 했을까……. 그리고 실비아에게 쌀쌀맞게 대했다. 그토록 좋아하고 아끼는 실비아에게 언성을 높이고 참을성 없이 굴다니. 실비아는 그저 걱정해 주었을 뿐이고, 심지어 상황이 어떻게 되어 가는지 물어봐 주었는데……. 전화를 건 일이 실수였다. 하지만 누군가 신뢰할 만한 사람에게 털어놓아야 했다. 귀 기울여 들어주고, 질문을 하고, 어쩌면 '대단하네!'라거나 '안나, 정말 좋은 생각이야! 넌 정말 스스로 원하는 게 뭔지를 알고 그걸 해내는구나. 이렇게 말이야!' 하고 말해 주는 누군가가…….

마츠와 안나는 계단을 지나 위층으로 올라와서 말했다.

"아줌마, 제 방이 생긴 건 난생처음이에요. 믿을 수 있어요?"

"그렇단 말이야? 신기하네. 내 생각에는, 카트리가 분홍색 방을 차지하면 너는 파란색 방을 쓰면 될 것 같은데. 예전엔 그게 유행이었어."

둘은 문 앞에 서서 들여다보았고, 마츠는 아무 말도 없었다.

안나는 기다리다가 말했다. "마음에 안 드니?"

"어마어마하게 아름답네요. 그런데 아줌마, 너무 커요."

"너무 크다니, 무슨 말이지?"

"한 사람이 쓰기에는 그렇다고요. 저는 큰 방이 익숙하지 않아요."

안나는 걱정되었고, 이보다 작은 방은 없다고 이야기해 주었다.

"정말이에요? 이렇게 큰 집을 지으면 대개 어딘가에 구석방 몇 개를 남겨 두지 않나요? 설계를 잘못해서 지붕 아래에 방이 좀 남기도 하고요."

안나는 곰곰 생각해 보았다. "하녀 방이 있긴 하지. 하지만 물건이 가득하고 늘 너무 추웠어."

다 같이 하녀 방에 가 보았더니, 정말로 무척 추웠다. 가구와 살림, 한때는 살림이었던 물건들, 뭔지 모를 조각들이 모조리 경사진 지붕 아래에까지 마구 쌓여 있었다. 길고 좁은 방의 반대쪽 끝의 창으로 겨울 햇빛이 들어왔고, 온통 뒤죽박죽인 사이사이를 비추었다.

"이 방이면 되겠네요." 마츠가 말했다. "아주 훌륭해요. 이 물건들은 어디로 치우면 되나요?"

"글쎄⋯⋯. 정말 이 방에서 지내고 싶니?"

"네, 진심이에요. 그럼 이 물건들은 어디로 치울까요?"

"아무 데나……. 나는 좀 누워서 쉴게." 안나는 그 방이 두려웠다. 험악하고 끔찍이도 우울하게 보였다. 자리를 떠났음에도 방이 따라왔다. 오래전의 이미지들이 다가왔다. 안나가 어린아이일 적부터 집에서 함께 살며, 그 끔찍한 다락방에서 생활하던 하녀 베다의 모습이. 베다는 점점 몸이 불고 잠이 늘어서, 시간만 나면 이불을 끌어 덮고 잠을 잤다. 안나는 생각했다. '끔찍한 일이야. 베다를 불러야 하면 늘 내가 올라가야 했는데, 매번 자고 있었지. 나중에 어떻게 됐더라? 다른 동네로 갔나, 아니면 병들었나……. 기억이 안 나네. 그리고 그 방의 가구들은……. 어디에 있던 거지? 못 알아보겠는데, 분명 어딘가에 있었던 것, 중요한 물건들이었음이 틀림없는데. 언젠가, 누군가에게는 분명 중요했을 텐데…….'

안나는 침대에 누워서 천장을 바라보았다. 천장에 달린 등 주위로 화환처럼 자리한 석고 부조가 긴 띠처럼 침실을 둘렀고, 그 무늬는 반복되었다. 안나는 귀를 기울였다. 무거운 물건들을 위에서 끌어 올렸다가 떨어뜨리는 쿵 소리가 들렸다. 가까워졌다가 멀어지는 발소리, 청각을 송두리째 긴장시키는 침묵. 그리고 다시 무언가가 질질 끌리다가 툭 떨어졌다. 천장 위에서 모든 물건들의 자리가 바뀌고 있었다. 안나 에멜린의 침실 바로 위에서, 하늘의 고결한 궁륭처럼 저 멀리 방해받지 않고 오래 잠들어 있던 지나간 모든 것들이 급격한 변화를 겪고 있었다. 안나는 생각했다. '어쨌건 다들 각자 원하는 대로 하는 게 맞지. 그리고 난 이제 자야겠다.' 안나는 베개에 머리를 파묻었지만, 잠을 이룰 수 없었다.

"물건은 다 어디 갔나요? 어떻게 자리를 만들었어요?"

"자리를 만들지 않았어요." 카트리가 대답했다. "대부분 빙판 위에 내다 놓았고, 나머지는 읍내 경매장에 내놓으려고 가져갔지요. 혹시 팔린다면 돈을 갖다 드릴 거예요. 아마 많지는 않겠지만요."

"클링 양, 너무 마음대로 처리한 거 아닌가요?" 안나가 말했다.

"그런지도 모르지요." 카트리가 말했다. "하지만 선생님, 만일 선생님께 온갖 쓸모없는 가구, 갖가지 암울한 물건들, 아무 의미 없는 잡동사니를 다 보여 드렸다고 생각해 보세요. 그럼 선생님은 뭐를 남기고 뭐를 버릴지, 한참 고민하셨겠지요. 이제 결정할 것도 없고, 일도 다 마무리됐으니 후련하지 않나요?"

안나는 침묵했다. 그러고는 끝끝내 말했다. "그래도 마음대로였던 건 사실이죠."

멀리 빙판 위에 쌓인 고물들은 얼음이 녹기만을 기다리

고 있었다. 소유물을 버리지 못했던 아빠와 엄마의 기념품이다. 안나는 생각했다. '이상한 일이지. 얼음은 녹고 저건 다 물속으로 사라지겠지. 도전적이야. 뻔뻔하기까지 하지. 실비아에게 얘기해야겠다.' 어쩌면 살림이 전부 물속에 가라앉지는 않겠다고 생각했다. 다른 바닷가로 떠내려가서 누군가가 발견하고는, 어디서 어쩌다가 이런 물건들이 오게 되었는지, 의아해할 수도 있으리라. 어쨌건 안나의 잘못은 절대 아니었다.

13

토끼집이 다시 고요해졌다. 마츠는 누나만큼이나 몸이 재서, 안나로서는 그가 집에 있는지 없는지 도대체 확신할 수 없었다. 종종 둘이 문과 문 사이에서 마주하면, 마츠는 멈추어 서서 한순간 기사도를 발휘하듯 안나에게 미소 짓더니 목례를 하고 갈 길을 갔다. 안나가 보기에 카트리 역시 자기 동생을 수줍게 대했다. 안나는 마츠와 마주칠 때면 할 말을 찾지 못했고, 사람들이 계단에서 마주할 때 주고받는 의례적인 인사말로 그를 방해할 필요가 없다고도 생각했다. 마츠와 안나는 책 속에서 만날 뿐이었고, 그 밖에 둘 사이에는 누구도 발을 들이지 않는 경계 구역이 있었다. 때때로 집 안 어디선가 망치 소리가 들렸지만, 안나는 굳이 찾아보지 않았다. 조선소에서와 마찬가지로 마츠는 눈에 띄지도, 자신의 존재를 드러내지도 않은 채 일했다. 이곳저곳 돌아다니면서 무엇이 필요한지 살피고 다만 고칠 따름이었다. 토끼집에는 늘어지고 낡고 상한 데가 많았다. 심각하지는 않았지만, 그래도 이 집은 슬슬 지쳐 가는 오래된 집이었으니까. 한참 지나고 나서야 안나는 더 이상 문이 삐그덕거리지 않고, 창문이 다시 열리며, 바람이 새지 않고, 잊고 지냈던 등에 다시 불이 들어옴을 알아챘다. 소소한 돌봄이 안나를 놀라게 하고 기쁘게 했다. 안나는 생각했다. '어머나, 난 깜짝 놀라는 걸 정말 좋아했지. 내가 어릴 때 집 안에는 부활절 달걀이 숨겨져 있어서 하나하나 찾을 수 있었는데. 작고 알록달록한 달걀에 노란 깃털이 달려 있었어……. 집 안에 들어와서 주위를 둘러보고 곳곳을 뒤지면 노란 솜털이 빠끔히 보였지.'

저녁에 부엌에서 차를 마실 때 안나는 마츠에게 고맙다고 인사하려 했지만, 그러면 마츠가 겸연쩍어 할 뿐임을 곧 깨닫고 더 이상 아무 말도 하지 않았다. 둘은 각자 자기 책을 읽었고, 그러니 다 괜찮았다.

이제 안나는 자신에게 주어진 시간 동안 무엇을 하고 무엇을 안 했는지 의식하게 되었다. 예전에는 몰랐는데, 돌연 염려가 되었다. 오랫동안 아무 신경 쓰지 않고 보내온 나날이었는데, 이제는 하루하루 자신의 행동을 점점 더 주의하게 되었다. 혼자 살 때 안나는, 한낮에 몇 시간을 잠으로 허비하더라도 몰랐다. 잠이 안개처럼, 눈처럼 부드럽게 다가오게 하기. 희뿌옇게 사라지듯 무의미해질 때까지 같은 문장을 몇 번이고 읽기. 잠에서 깨어나면 읽던 곳을 찾아서는 마치 방금 놓쳤다는 듯이 계속 읽기. 이제 안나는 자신이 잠들었음을, 그것도 한참이나 잤음을 알게 되었다. 아무도 몰랐고 누구도 방해하지 않았지만, 선잠 속으로 사라지고자 하는 단순하고 끈질긴 욕구는 금기가 되어 버렸다. 깜짝 놀라서 깨어난 안나는 눈을 크게 뜨고 책을 붙잡은 채 귀를 기울였다. 아무 소리도 없었지만, 누군가 위층을 가로지르고 있었다.

안나 에멜린은 더 이상 초저녁에 잠자리에 들지 않았다. 시계를 따르기보다 어두움과 졸음의 권고를 받아들이는 편이 자연스럽지만, 다락방에서 결국 자신이 굴했다고 여기지 않도록 이제는 애써 깨어나서 발소리를 내며 방 안을 돌아다녔다. 결국 스스로에게 몸을 누이도록 허락하고도, 안나는 잠들지 못한 채 집 안의 새롭고 비밀 가득한 삶의 소리를 들었다. 아주 희미하고 불분명한 소리라, 마치 여기에서 한 마디 저기에서 한 마디 알아들어도 결코 맥락은 알 수 없는, 짐짓 중요하지만 너무 멀리서 흐릿하게 들려오는 대화에 귀를 기울이는 것 같았다.

어느 날 저녁 안나는 좀체 잠들 수 없고 기분도 언짢아져서, 가운을 입고 슬리퍼를 끌며 주스와 빵을 먹으러 부엌으로 향했다. 부엌문 옆에 있던 개는 노란색 눈을 하고서 안나를 따라 들어왔다. 이 커다란 짐승은 눕더니 마치 조각상처럼 눈만 굴렸다. 안나는 "착하게 굴어." 하고 속삭이고는 늘 하던 대로 했다. 냉장고 안은 새로 정리되어 있었다. 모든 음식이 플라스틱 그릇에 들어 있어서, 열어 보지 않고는 무엇인지 알 수 없었다. 사실 그곳 전체가 이전의 부엌이 아니었다. 어디가 달라졌는지 짚어서 말할 수 없었지만, 어쨌건 더 이상 자신의 부엌이 아니었다. 모든 것이 그대로였던 시절에 안나는 밤에 무언가 먹고 싶으면 선반의 완두콩 통조림을 열어서 차가운 채로 숟가락으로 퍼먹으며 조용히 뒷마당의 어두움을 관찰했었다. 그러고는 잼을 조금 꺼내서 먹고는 만족스럽게 침대로 돌아가곤 했다. 하지만 지금은 모든 게 달랐다. 안나는 주스를 마신다는, 이를테면 아무도 간섭할 수 없는 일상적 행위를 하면서도 마치 무슨 금지된 일을 할 때처럼 두려워하며 급히 병을 꺼냈다. 조심성을 잃은 채 주스를 잔에 따르다 보니 진하고 붉은 액체가 싱크대 위로 흘렀다. 언제나처럼 아무 소리 없이 다가와서 안나가 하는 일을 그저 지켜본 것은, 당연히 카트리였다.

"그냥 주스가 좀 마시고 싶었어요." 안나가 말했다.

카트리가 대답했다. "기다리세요. 제가 치울게요." 그녀는 행주를 꺼내서 닦았고, 금세 붉게 물들자 설거지통에 물기를 짰다.

"그냥 둬요!" 안나가 외쳤다. "전 물이면 돼요. 그냥 물!" 그러고는 물이 바닥에 튈 정도로 세게 수도꼭지를 틀었다.

카트리가 말했다. "밤에 침대 옆에 자리끼를 준비해 놓으면 더 편하지 않겠어요?"

안나는 대답했다. "아니요. 편할 생각 없어요."

"그러면 부엌까지 나올 필요가 없잖아요."

"클링 양." 안나가 대답했다. "제가 예전에 아빠는 신문을 배달받기 싫어했다고 말했는지 모르겠네요. 직접 가져오려고 하셨지요. 매일 가게에서 직접 신문을 가져오고, 누구보다 먼저 읽으셨어요. 행주는 쓰레기통에 버리세요." 안나는 테이블에 앉아서 다시 말했다. "그냥 버리세요. 더 이상 필요하지 않은 물건들을 쉬이 버리시잖아요."

"에멜린 선생님, 저희가 위에 있어서 방해되세요?"

"아니요. 소리도 안 들려요. 살금살금 움직이니까요."

카트리는 싱크대 옆에 계속 서 있었다. 주머니에서 담배를 꺼냈지만 곧 눈치채고 다시 주머니에 넣었다.

"아니, 그냥 피우세요." 안나가 짜증 난 듯 말했다. "우리 아빠는 시가를 피우셨지요."

담뱃불을 붙인 카트리는 조심스럽게 천천히 말했다. "에멜린 선생님, 이 문제를 이렇게 볼 수는 없을까요? 우리는 아주 현실적으로 합의한 거예요. 이 거래에서 마츠하고 제가 얻은 게 많지만, 생각해 보면 선생님도 이득을 보셨어요. 교환 거래, 서로 현물을 선물했다고 할까요. 어떤 서비스를 제공하고 현물로 보상받는 거지요. 문제점이 있기는 하지만, 시간이 지나면서 줄어들겠지요. 우리는 서로 자유 의지로 계약했으니 이 상황을 받아들여야 해요. 그러니 단순히 권리와 의무가 따르는 계약이라 생각하면 안 될까요?"

"현물을 선물한다……." 안나는 과장되게 놀란 척하며 그 말을 반복하고는 천장을 바라보았다.

카트리는 진지하게 말했다. "계약 말이에요. 계약은 사실 생각하시는 것보다 훨씬 특별해요. 구속만 하는 게 아니지요. 제가 보기에 사람들은 계약이 있음을 더 편하게 여겨요. 계약은 우유부단한 태도와 혼란에서 우리를 해방시켜 주고, 더 이상 선택할 필요를 없애 주니까요. 양쪽 당사자가 합의하고 각자의 방식으로 책임을 나눠 졌으니까요. 계약이란, 사람들이 적어도 공정하려고 노력하는 정교한 약속 같은 거예요."

"그렇겠지요." 안나가 말했다. "지금 그저 공정하게 하시려는 거겠죠." 안나는 허리를 편하게 하려고 팔을 탁자에 얹었다. 이내 졸음이 쏟아졌다.

"공정하게요." 카트리가 말을 받았다. "자신이 공정하고 정직할 수 있었는지를 진실로 알 수 있는 사람은 없어요. 하지만 어쨌건 가능한 한 노력은……."

"이제 설교를 하시네요." 안나는 말을 자르며 일어섰다. "뭐든지 참 잘도 아시네요. 클링 양, 알아요? 이렇게 해 보고 저렇게 해 봐도 결국 꼬리가 남을 거예요."

카트리가 소리 내서 웃기 시작했다.

"엄마가 쓰던 표현이에요." 안나가 말했다. "분석하다가 지치면 그렇게 말했지요. 이제 자야겠어요." 그러고는 문가에서 돌아서며 말했다. "클링 양, 묻고 싶은 게 하나 있어요. 클링 양은 혹시 흥분하거나 너무 경솔하게 말할 때가 전혀 없나요?"

"흥분할 때는 있지요." 카트리가 대답했다. "하지만 경솔한 말은 안 하는 것 같아요."

안나 에멜린은 눈에 띄지 않더라도 자기 집에 사람이 있다는 데 익숙해졌다. 평생을 살면서 차차 위협으로 느껴지지 않을 때까지 여러 가지 일에 익숙해졌으니 지금도 그렇게 하는 것이다. 조만간 머리 위의 발소리도 들리지 않으리라. 바람이나 빗소리, 응접실의 시계 소리를 느끼지 못하듯. 도저히 익숙해질 수 없는 단 한 가지는 개였다. 안나는 연신 개를 피해 다녔다. 개를 지나치고 나면, 꿈쩍도 않는 짐승에게 속삭이는 목소리로 이런저런 문제에 관한, 대답은 필요 없지만 털어놓아야 하는 의견을 들려주었다. 안나는 개에게 이름을 지어 주었다. 이름 없는 존재들은 점점 더 자라나는 경향이 있으니까. 테디라는 이름을 부여함으로써 이러한 위험을 제거해 버렸다. 안나는 카트리의 개가 잘 길들었고 방해하면 안 된다는 점을, 그리고 개에게 몰래 음식을 주는 자신의 행동이 친절 때문만은 아님을 잘 알고 있었다. "먹어." 안나는 말했다. "테디, 카트리가 오기 전에 서둘러 먹어." 하지만 때때로 그 노란빛 눈앞을 지나갈 때면 이렇게 속삭이고 싶었다. "매트에 가만 앉아 있어, 이 크고 징글징글한 짐승아!"

14

"실비아?" 안나가 불렀다. "전화를 여러 번 걸었는데, 계속 나가 있네……. 통화 괜찮아? 사람들하고 같이 있니?"

"그냥 우리 집에 늘 오는 여자들뿐이야." 실비아가 말했다. "오늘 수요일이잖아."

"무슨 수요일……."

"문화 모임." 실비아는 아주 똑똑히 말했다.

"아, 그렇지, 그래……. 나중에 전화할까?"

"아무 때나 전화해. 네 연락은 언제나 반가우니까."

"실비아, 여기로 한번 올 수 없을까? 내 말은 실제로, 여기 한번 보러 올 수 없겠느냐고……."

"물론 갈 수 있지." 실비아의 목소리가 이어졌다. "다시 못 볼 줄 알았는데. 우리 진짜 가끔이라도 만나서 옛날 이야기 좀 해야 해. 어떻게 되나 보자. 다시 통화해야지. 안 그래?”

안나는 한동안 전화 옆에 그대로 서서 창밖의 폭풍을 주시했지만, 정말로 보고 있지는 않았다. 갑자기 큰 슬픔이 밀려왔다. 소중하게 생각하지만 너무 뜸하게 만난 사람. 그리고 홀로 간직해야 할 말들을 너무 많이 털어놓은 사람에 관한 슬픔이었다. 안나는 실비아에게만 현재 상황에 대해 이야기했고, 아무것도 숨기지 않은 채 자랑과 끔찍한 실망을 포함해서 모든 일들을 늘어놓았다. 세월이 흐르는 동안 묵직해진 덩어리들을 외면한 채 조급하게 폭로한 쪽은 안나였다.

'전화를 하는 게 아니었는데.' 안나는 생각했다. '하지만 나를 아는 건 실비아뿐이야.'

15

후스홀름의 에밀은 그물을 보관하는 창고에서 몇백 미터 떨어진 곳에 얼음낚시를 하려고 구멍을 뚫어 두었다. 그리고 종종 아내와 함께, 때로는 마츠와 함께 그물을 비웠다. 그물을 끌어당기는 일은 스스로 하고, 다른 사람은 줄을 풀었다. 잡히는 고기가 많지 않았지만, 집에서 먹을 만큼의 대구 한두 마리는 나왔다. 진눈깨비가 내리는 따뜻한 어느 날, 그는 마츠와 함께 얼음판으로 나갔다. 그가 밤새 구멍 주위에 생긴 얼음을 깼고, 마츠는 물이 깨끗이 보일 때까지 삽질을 했다.

"자, 봐." 에밀이 말했다. "약간 놀라게 해 줄게. 이번에는 네가 그물을 끌어 봐. 내가 줄을 풀게. 그건 할 수 있겠지." 소년은 알아듣지 못했고, 에밀은 계속 말했다. "그물 정도는

끌어올릴 수 있겠지. 그 정도는 너에게 맡겨도 되겠다고 생각
했어."

유순한 마츠는 이 수모를 늦게야, 하지만 사무치게 느꼈
다. 발에 뭔가 걸렸지만 에밀은 그물 반대쪽 끝으로 갔고, 진
눈깨비 때문에 그의 모습은 거의 보이지 않았다. 그러더니 준
비를 마치고 다시 나타나더니 줄을 붙잡고 기다렸다. 그리고
마침내 외쳤다. "자, 이제 어떻게 되나 보자! 그물 하나도 못
끌어내니?"

마츠의 분노가 들끓었다. 아주 드문 분노, 카트리 말고는
아무도 모르는 분노였다. 그물의 밧줄을 붙잡고 그 생생한 무
게를 느끼면서 가만히 서 있었음에도 분노가 치밀어 올랐다.

슬슬 다급해진 에밀이 "어때?" 하고 외쳤다. "잡아당겨
봐! 넌 동네 바보가 아니잖아?"

마츠는 칼을 뽑아서 밧줄을 끊었고, 그물은 곧장 얼음 아
래로 빠져 들어갔다. 그러고는 돌아서서 뭍으로 걸어왔고, 그
물 창고와 배 짓는 헛간을 지났다. 그렇게 길을 걸어서 언덕
을 올랐고, 토끼집 뒤편의 전나무 숲을 향해 갔다. 눈은 녹아
내리는 중이었고 걸음을 옮길 때마다 부츠가 발목까지 빠졌
다. 한쪽 장화는 진탕에 파묻혀서 양말을 신은 발만 덩그러니
빠져나왔다. 그는 욕을 내뱉으며 나무줄기에 칼을 꽂았다. 칼
은 그 자리에 박혔다.

마츠는 현관에서 안나와 마주쳤고, 잠시 멈춰 서서 평소처럼 상냥하고 공손하게 고개를 끄덕이며 인사했다. 안나도 그렇게 응답했다. 마츠가 지나가자, 안나는 읍내에서 새 책이 왔노라고 지나가듯이 말했다.

돌연 끊어 버린 그물에 대해서는 말들이 많았다. 후스홀름의 에밀은 말했다. "불쌍한 놈이 미쳤어요. 애는 착하지만, 미쳤죠. 의심할 나위 없어요. 전 그물을 끌어 보게끔 해 줬을 뿐이에요. 걔가 그물을 당겨 올렸는데 물고기가 들어 있으면 재밌잖아요. 그런데 가만 서서 꿈쩍 안 하는 거예요. 화가 좀 나서 소리를 높였고, 그게 다예요."

"어쩌자고 그런 애를 조선소에서 데리고 있었을까요?" 순드블롬 부인이 말하자, 가게 주인도 끼어들었다. 그러고 보니 그 얼간이가 결국 배들을 부숴 버릴 거라고, 나쁜 피가 흐르고 있으므로 어쩔 수 없고 영원히 극복할 수 없는 일이라고 했다.

"이제 그만해요." 에드바르드 릴리에베리가 말했다. "마츠라면 우단 장갑을 끼고 배를 만질 거예요. 그렇게 배를 아끼는 애라고요. 자기가 맡은 일이라면 느려도 확실하게 해내고, 자잘한 일은 뭐든 맡길 수 있어요. 맥주 하나 주세요."

순드블롬 부인은 계속 떠들었다. "어쨌건 그 둘은 혈통이 안 좋아요. 내가 할 말은 아니지만……. 그쪽은 뭘 믿고 데리고 있어요?"

"전 믿어요." 릴리에베리가 말했다. "전 개에게 돈이라 도 걸겠어요. 그 누나에게도요. 누나는 상냥하지 않을지 몰라 도 동생을 처음부터 줄곧 키웠지요. 용기 있고, 아무도 속이 지 않아요. 그런데 뭘 그렇게 야단들이에요?"

"그래요, 카트리는 자기 일을 잘하죠." 순드블롬 부인이 말했다. "이제는 어쨌건 자리를 잡았죠. 문제는 에멜린이 떠 맡았고."

"할멈, 입 다물어요." 릴리에베리가 참지 못하고 소리쳤 다. 형제 중 하나가 그의 팔을 붙잡고 말렸다. 순드블롬 부인 은 급작스레 테이블에서 일어나는 바람에 커피 잔을 엎었다.

"거봐요." 에드바르드 릴리에베리가 말했다. "누구라도 흥분하면 그럴 수 있다고요. 하지만 그게 악한 것보다는 낫죠. 그러니 내 말 잘 듣고, 어디 가서 전해요. 클링 남매는 정직한 사람들이고 그들이 하는 일에는, 우리가 몰라도 다 이유가 있 다고요."

그는 가게를 떠났다.

16

"클링 양, 제 우편물을 열어 주시다니 참 배려 깊으시네요. 하지만 저는 좀 별난 데가 있어서, 좀 유치하게 들릴지도 모르지만, 편지 뜯는 것을 좋아해요. 새 책을 개봉하거나 귤을 까는 것처럼요. 이미 뜯겨 있으면 당연히 그 느낌이 안 나지요."

카트리는 눈썹을 찌푸리고 안나를 바라보았다. 눈 위의 두 눈썹이 마치 하나의 곡선처럼 보였다. "알겠어요." 카트리가 말했다. "저는 혹시 버릴 게 있나 해서 뜯어 봤을 뿐이에요."

"아니, 클링 양!" 안나가 외쳤다.

"그런 것들은 선생님이 신경 쓸 문제가 아니에요. 광고,

부탁 편지, 다들 돈을 원하거나 속이려고 드는 편지들이지요."

"어떻게 알아요?"

"저는 알아요. 익숙하거든요. 사기는 멀리서부터 냄새가 풍기고, 저는 냄새가 나면 버리죠."

안나는 한동안 침묵하다가 마침내 배려도 지나칠 수 있다고 말했다. 그리고 불행히도 이미 사고가 벌어지기는 했지만, 앞으로 카트리가 가려낸 편지들을 나중에 살펴볼 수 있도록 따로 모아 달라고 했다.

"어디에요?"

"예를 들면 다락 어딘가에……."

"좋아요." 카트리가 미소 지으며 대답했다. "다락 어딘가에. 그리고 이건 가게에서 온 계산서예요. 오래 검토해 보았는데, 주인이 조직적으로 사기 치고 있더군요. 액수가 크진 않아요. 여기서 50페니, 저기서 1마르크, 하지만 속이고 있어요."

"가게 주인이요? 그럴 리 없어요." 안나는 파란색 펜으로 휘갈겨 쓴 계산서들을 무심히 쳐다보다가 밀쳐 내며 말했다. "전에 그 사람이 악하다고 하셨잖아요. 무슨 간 같은 거 때문에요. 여기서 50페니, 저기서 1마르크라니……. 그런데 왜 그 사람이 특별히 악하다는 거죠?"

"선생님, 이건 중요한 문제예요. 저는 그 사람이 선생님을 속였다고 확신해요. 일부러요. 아마 처음부터 그랬을 거예요. 하나하나 쌓이면 큰 액수가 되죠."

"악하다고요?" 안나가 다시 말했다. "늘 상냥하고 깍듯했는데요……."

"겉과 속은 다르죠."

"하지만 왜 가게 주인이 저에 대해서 나쁘게 생각하겠어요?" 순진한 안나가 놀라며 외쳤다.

"저를 좋게 생각할 만한 사람인데요……."

그러자 카트리가 진지하게 말했다. "계산서 이야기를 좀 해요. 제 말을 믿으세요. 계산서가 틀려요. 저는 계산할 줄 알고, 심지어 셈이 빠르기도 하지요. 우리는 이 일에 신경 써야 해요."

"왜요? 그럴 필요가 있나요? 그 사람을 처벌하려는 건 아니겠죠?"

카트리는 당연히 안나가 하고 싶은 대로 할 수 있지만 그럼에도 무슨 일이 있었는지는 알아야 한다고 짧게 대답했다.

"네, 네." 안나가 침착하게 말했다. "걱정할 일이야 참 많지요." 그러더니 설명이라도 하듯 덧붙였다. "이 일도 있고 저 일도 있고. 그런데 어떡하죠?"

안나 에멜린은 책상에 앉아서 어린아이들의 편지에 답장을 썼다. 안나는 편지를 세 뭉치로 분류했다. A는 아주아주 어린아이들의 편지인데, 안나에게 깜찍한 그림으로 찬사를 보냈다. 대개 토끼 그림이고, 엄마들이 쓴 글과 함께 왔다. B는 요청들이었는데, 가끔 급박했다. 그중에는 생일과 관련한 내용들이 꽤 있었다. 안나는 C를 '안타까운 경우들'이라고 불렀는데, 자세히 들여다보고 생각해야 하는 것들이었다. 그런데 A, B, C 편지들 모두, 토끼에 왜 꽃무늬가 있는지 궁금해했다. 안나는 토끼의 꽃무늬에 대해서 몇 가지 설명을 들려줄 수 있었다. 일단 시작하고서 너무 많이 생각하지만 않으면 잘되는 것 같았다. 하지만 오늘 안나 에멜린은 처음으로 시적이건, 이성적이건, 장난스럽건 아무 이유도 떠오르지 않았다. 꽃무늬는 그냥 무의미했고, 갑자기 바보 같고 지루해 보였다. 결국 안나는 편지지마다 토끼를 한 마리씩 그려 넣었고, 나중에 꽃무늬를 추가했다. 그 이상 이어 갈 수 없었다. 안나는 오래 고민했다. 피곤해졌고 끝내 화도 났다. A, B, C 편지 뭉치에 고무줄을 감아서 카트리에게 가지고 갔다.

분홍색 손님방은 예전 그대로였지만 낯설었다. 그저 전보다 더 크고 비어 보이는지도 모른다. 창문은 삐딱하게 열려 있었고 실내는 추웠으며, 담배 때문에 시큼한 냄새가 났다. 카트리는 앉아서 코바늘뜨기를 하고 있었다.

"여기 마음에 들어요?" 안나가 갑작스레 물었다.

"네, 아주 괜찮아요."

안나는 창문 쪽으로 다가갔다. 추위가 느껴져서 몸을 돌렸고, 편지를 손에 든 채 방 한가운데 서 있었다.

"창을 닫을까요?"

"아니요. 클링 양, 전에 합의에 대해서 이야기하신 거……. 양쪽에게 의무와 권리가 있다는 것 말이에요. 이거 좀 보세요." 안나는 편지들을 테이블에 올려놓았다. "아이들은 물어보고 또 물어봐요. 여기에 대답하는 건 제 의무인가요? 또 제 권리는 뭔가요?"

"대답하지 않을 권리요." 카트리가 말했다.

"그럴 수는 없어요."

"아이들하고 합의하신 거 없잖아요."

"'합의'라는 말을 무슨 뜻으로 쓰는 거죠……?"

"제 말은 약속이라는 거예요. 어느 아이에게나 단 한 번씩 편지를 보내신 거죠? 그리고 아무 약속도 안 하셨고요."

"글쎄, 하다 보면……."

"그럼 어떤 아이들에겐 여러 차례 편지를 쓰신 거예요?"

"어쩌겠어요! 쓰고 또 쓰고, 내가 자기들 친구라고 생각하는데……."

"그건 약속이에요." 카트리는 일어서더니 창문을 닫으

며 말했다. "떨고 계시네요. 선생님, 앉으세요. 담요를 드릴게요."

"싫어요. 그리고 저는 약속한 거 없어요. 무슨 얘긴지 모르겠네요."

"이렇게 생각해 보세요. 선생님이 뭔가를 시작하셨어요. 그건 의무가 생겼다는 뜻이지요. 안 그래요? 최선을 다한다는 의무 말이에요."

안나는 방 중앙에 가만히 서서 소리 없이 휘파람을 불었다. 치아 사이로 새는 소리가 들릴락 말락 했다. 그러다 갑자기 안나가 성난 듯 물었다. "그건 뭐죠?"

"침대 덮개를 짜고 있어요."

"그렇겠죠. 다들 코바늘뜨기를 해요. 이 동네에 침대가 몇 개나 있는지 모르겠네요……."

카트리는 말을 이었다. "합의는 공정성과 관계가 있어요……." 그러자 안나가 말을 막았다. "그 말은 전에도 했지요. 양쪽이 모두 부담하고 얻는 것이 있다고요. 그게 이 아이들하고 무슨 상관이 있으며, 저한테 생기는 건 뭔가요?"

"책을 새로 찍고 인기를 얻겠죠."

"클링 양, 저는 이미 인기가 있어요." 안나가 말했다.

"아니면, 친구들이라고 할 수도 있겠지요. 교우 관계가 즐겁고, 그런 데 사용할 시간이 있으시다면요."

안나는 편지를 쓸어 모으면서 말했다. "이 이야기를 하려는 건 아니었어요."

카트리가 말했다. "편지는 그냥 두세요. 제가 읽을게요. 이해하도록 해 볼게요."

늦은 저녁, 응접실에 마주 앉았을 때 카트리가 말했다. "이토록 어렵게 여길 필요는 없는 것 같아요. 아이들은 거의 비슷한 내용을 물어보거나 이야기하거나 바라지요. 적당한 양식을 만들어 두면 어떨까요. 완성된 문장을 복사하는 거지요. 좀 다르게 써야 한다면 추신으로 넣으세요. 물론 서명은 당연히 손으로 하셔야죠."

"그건 클링 양도 잘할 수 있고요." 안나가 쏘아붙였다.

"그렇죠. 그러면 선생님의 시간이 절약될 거예요. 혹은 도장을 찍거나요."

안나는 똑바로 고쳐 앉았다. "복사라고요? 양식이요? 그건 제 방식이 아니에요. 그리고 남매나 한 반에 있는 아이들이 저에게 편지를 쓰고 답장을 비교해 보면 어떡해요? 제가 이름하고 주소를 다 기억할 수는 없잖아요……."

"분류 카드로 정리하면 되지요. 그리고 결국 비서가 필요하실 거예요."

"비서라고요!" 안나가 외쳤다. "비서요? 클링 양, 그런 생각까지 하시는 거예요? 그럼 안타까운 경우들에 대해서는 비서가 뭐라고 쓸 수 있겠어요! 게다가 제 편지들을 뒤섞어 놓으셨어요. 내용에 따라 A, B, C로 나뉘는데……. 아무튼 비서가 '제 부모님을 어떡하면 좋을까요?' 아니면 '걔는 왜 다른 애들은 초대하면서 저만 빼놓을까요?' 같은 질문에 대해 어떻게 대답하겠어요……. 아이들은 다른 사람이 아니라 바로 저에게 묻는데 말이에요. 다들 나름대로 불행하고, 또 제가 보기에도 그럴 만한 이유가 있으니까요!"

"모르겠어요." 카트리가 무미건조하게 대꾸했다. "이 편지들을 자세히 읽어 보았는데, 제가 보기에는 A나 B나 C나 다 같은 항목으로 묶을 수 있어요. 예컨대 다들 이런저런 위로를 원하고, 또 시간이 없다면서 최대한 빠른 보상을 갈구하죠. 사실 이 편지들은 자잘한 '갈취 시도'라고 볼 수 있어요. 아니, 아무 말도 하지 마세요. 서투르고 맞춤법도 엉망인 편지들이라 선생님은 공연히 감동하고 마음을 쓰시지요. 하지만 아이들은 점차 배우고 재주도 늘 테죠. 그래서 어른이 되면 제가 내버리도록 도와 드린 그런 편지들을 쓰게 되지요."

"알아요. 빙판에 내다 버린 것들."

"아니에요. 기억 안 나세요? 다락 어딘가로 치운 것들이죠."

한동안 말이 없던 안나는 날카롭게 아이들을 속이면 안

된다고 말했다. 그러고는 다시 의자에 기대앉아서 치아 사이
로 살살 휘파람을 불었다. 카트리는 등에 불을 붙이며 말했
다. "아이들이 어리다고 감상적으로 여기시는군요. 하지만 어
리고 크고는 아무 의미도 없어요. 저는 모든 사람들이 어리든
늙었든 그저 뭔가를 얻어 내려 할 뿐임을 알게 되었어요. 다
들 뭔가를 원해요. 저절로 그렇게 되지요. 나이가 들면서 자
연스레 더 교묘해지고 처음처럼 속이 훤히 들여다보이지도
않지만, 의도 자체가 달라지지는 않아요. 선생님께 편지를 쓰
는 아이들은 아직 거기까지 배우지 못했을 뿐이고, 그걸 순수
하다고 하지요."

안나는 흥분해서 "그럼 마츠는 뭘 바라나요? 말할 수 있
어요?" 하고 물었다. 그러더니 대답을 기다리지도 않고 말을
이었다. "이 이야기를 하려던 건 절대 아니었어요. 그나저나
토끼에게 왜 꽃무늬가 있는지, 뭐라고 하죠?"

"비밀이라고, 알 필요 없다고 하세요."

"그래요." 안나가 말했다. "맞아요. 오늘 저녁에 해 준 애
기들 중에서 제일 나은 말이네요. 알 필요 없고, 저도 알고 싶
지 않아요. 아시겠어요?"

17

안나 에멜린은 평소 읍내 책방에 책을 주문해 두었다. 책
방은 릴리에베리를 통해서 가끔 책을 보내 주었는데, 모험 이
야기, 정복할 수 없는 대양과 대자연에 관한 책, 세계지도에
아직 이름 없는 빈 공간이 있던 시절, 용감하고 호기심 많은
사람들의 여행기 들이었다. 종종 고전이나 아동 도서도 보내
주었지만, 에멜린의 취향은 변함없었다. 안나와 마츠의 우정
은 이 책들을 바탕으로 싹텄다. 책을 담은 소포는 갈색 종이
로 포장되었고, 주소는 노란색 글자로 쓰여 있었다. 카트리는
그 소포를 열지 않은 채 부엌 탁자에 놓았다. 그러면 해 질 녘,
안나와 마츠가 그 책 소포를 뜯어 보았다. 마츠가 먼저 책을
골랐고, 늘 바다 이야기를 선택했다. 마츠가 읽고 나면 안나

의 차례였다. 이제 둘은 먼저 마츠의 책에 대해, 그다음엔 안나의 책에 대해 이야기를 나누었다. 무슨 의례처럼 이루어졌다. 두 사람은 그들 자신이나 주변 일들에 대해서는 많은 말을 하지 않았고, 오직 그 책 속에, 흔들림 없는 기사도의 세계, 즉 정의의 세계 속에서 사는 사람들에 대해서만 이야기했다. 마츠는 자기 배에 관해서는 얘기하지 않았지만 다른 배는 자주 언급했다.

안나는 다락 어딘가에 점점 쌓여 가는 편지들을 결국 잊었다. 그럼에도 어떤 날에는 이 편지들이 꿈속에 나타나서 퍼드덕거리며 날아다녔다. 안나는 읽지 않은 편지들을 빙판으로 들고 나가서 저 멀리, 검게 삭은 가구들, 지금은 무자비하게 버려졌지만 예전엔 소중했던 소장품들을 쌓아 둔 장소에 내다 버리는 꿈을 꾸었다. 안나는 거기에 모든 것, 이름 모를 발신인의 부탁들, 그들의 신뢰, 그들의 재치 있는 제안들을 함께 내버렸다. 이 모든 것을 내던지자, 글씨가 빼곡한 편지지들의 폭풍이 일었다. 시작도 끝도 없는 하나의 거대한 비난처럼 하늘로 치솟았다. 안나는 양심의 가책과 식은땀에 시달리며 잠에서 깼다. 그러고는 부엌으로 나갔다. 집 안에서 가장 온화한 공간이었다. 책들이 아직 그 자리에 있었다. 따끈따끈한 새 책들이 알록달록한 모험으로 유혹하고 있었다. 책

냄새가 좋았다. 안나는 책을 한 권씩 손에 들고 뺨으로 가져가서는 다른 무엇과도 비슷하지 않은, 금세 날아가 버릴 아직 읽지 않은 책의 향기를 맡았다. 사람의 손이 닿지 않아서 바스락거리는, 하나씩 쉬이 넘길 수 있는 책장을 만지며 용감한 폭풍 삽화를 바라보았다. 스스로도 믿을 수 없지만 상상할 수 있는, 무언가에 대한 화가의 꿈이었다. 안나는 이 화가가 정말로 폭풍을 경험했다거나 정글에서 길을 잃어 보았다고는 믿지 않았다. 그리고 생각했다. '그렇지. 모르니까 더 크고 무섭게 그리는 거지. 아마 쥘 베른은 한 번도 여행해 보지 못했을 거야……. 나는 보는 대로 그려. 그러니까 그리움 따위 없어도 되지.' 안나는 한 장 한 장 넘기며 삽화를 골똘히 뜯어보았다. 차츰 마음이 가라앉았다.

책방 주인의 계산서는 잊힌 채 탁자 위에 놓여 있었다. 안나는 계산서들을 여러 번 접어서 손에 꽉 쥐고는, 카트리가 이것을 결코 보지 못하리라고 생각했다. 카트리는 어떻게든 책방 주인도 안나를 속이고 있다고 계산해 내리라.

후스홀름의 에밀과의 사건 이후로 마츠는 마을에서 누군가를 돕는 일을 그만두었지만, 릴리에베리의 조선소는 전처럼 계속 다녔다. 그곳 사람들은 어쩌다, 혹시 말을 하더라도 배에 관해서만 이야기했다. 하루 일과를 마치고 문을 닫으면 마츠는 자신의 설계도를 보았다. 마츠 방의 벽은 원래 집 안의 여느 다른 방처럼 파란색이었지만, 이제는 빛바래서 푸른 가죽이나 압화한 초롱꽃 같은 뭔지 모를 색깔이었다. 천장이 기울어진 좁다란 방은 습기로 얼룩지고 색이 빠졌지만, 마츠는 이런 벽과 천장을 먹구름이 떠다니는 하늘 같다고 생각했다. 그는 참 행복했다. 그의 방에는 필요 없는 물건이라고는 전혀 없었다. 작은 창문은 숲을 향해 나 있었고, 눈 덮인 커다란 전나무들이 어두운 장벽처럼 시야를 가렸다. 마치 조선소에 혼자 있는 기분이었다. 카트리는 손수 짠 덮개를 마츠의 침대 위에 펴 두었다. 그 역시 파란색이지만, 어떤 계시 같은 하늘색이었다. 마츠는 늘 꿈도 안 꾸고 중간에 깨는 법 없이 잠을 잤다.

카트리는 동생에게 많이 말하지 않았다. 보통은 식사 때에만 대화했다. 둘만의 것이었던 공동의 편안한 침묵은 이제 일정한 시간과 장소를 잃었다. 카트리는 종종 저녁에 이런저런 일로 부엌을 찾았는데, 그러면 마츠와 안나가 부엌 탁자에 마주 앉아서 책을 읽고 있었다. 이들은 카트리가 부엌에 있는 동안엔 책 읽기를 멈추었고, 더 이상 차를 마시겠느냐고 묻지 않았다.

18

안나는 무척 화가 났다. 편지 양식을 만드는 데 온종일이 걸렸다. 해답과 정보와 위안을 주고, 모든 아이들에게 보낼 수 있는 완벽한 편지를 쓰고자 했지만, 아무리 노력해도 점점 이상해질 뿐이었다.

"이걸 보세요." 안나가 말했다. "클링 양, 이걸 좀 보라고요! 제가 맞았잖아요!"

카트리는 편지를 읽어 보더니, 내용이 별로 분명하지 않으며, 또한 서신 교환은 이것으로 영원히 끝이라고 친절하면서도 확실히 말해 두어야 하는데, 그런 부분이 없다고 지적했다.

"하지만 이런 발상 자체가 말이 안 된다는 걸 모르겠어요? 아이들은 각자 자기만의 편지를 받아야 해요!"

"알아요. 좋으실 대로 하세요."

안나는 안경을 썼다가 다시 벗어서 한참 동안 닦았다. 그러더니 말했다. "저한테 무슨 문제가 있는지 모르겠지만, 더는 편지를 못 쓰겠어요. 안 돼요."

"하지만 여러 해 동안 아이들에게 편지를 쓰셨잖아요? 그리고 작가시잖아요."

"정말 뭘 모르는군요!" 안나가 외쳤다. "글을 쓰는 건 출판사예요. 저는 그림을 그리죠. 알겠어요? 그림을 그린다고요! 제 책을 본 적이나 있어요?"

"없어요." 카트리가 대답하고 잠시 기다렸지만, 안나는 아무 말도 없었다. "선생님, 제안을 하나 할게요. 저한테 편지 몇 장을 주고 제가 답장하게 해 보시면 어때요? 실험 삼아서요."

"글 못 쓰잖아요." 안나가 바로 대꾸했다. 그러고는 어깨만 으쓱하고 탁자에서 일어나더니 떠나 버렸다.

카트리 클링은 서명을 위조할 때처럼 쉽게 목소리, 다른 사람들의 표현과 화법을 흉내 낼 줄 알았다. 이 재주를 사용할 기회는 좀처럼 드물었다. 때때로 이웃 사람들을 흉내 내서 마츠를 즐겁게 해 주려고 했지만, 마츠는 좋아하지 않았다.

"너무 진짜 같잖아." 마츠가 말했다.

"그래서?"

"무섭잖아."

카트리는 이 불쾌한 놀이를 그만두었다. 하지만 안나 대신 편지를 쓸 때는 그런 재주가 쓸모 있었다. 카트리는 자신 없어 하는 안나, 불필요한 잡담으로 무심코 흘려버리는 소심한 선의를 훌륭하게 모방할 수 있었다. 이런 선의 아래에서는 여전히 안나의 자기중심성이 희미하게 엿보였다. 그러나 안 된다고 단호히 말하지 못하는 비겁한 무능도 간 데 없고, 편지 친구가 되자며 슬쩍 초대하는 듯한 약속 아닌 약속도 찾아볼 수 없었다. 카트리는 보기 드물게 둔하거나 무작정 믿고 보는 아이가 아니라면 누구나 이해할 수 있도록 명확하게 작별을 고했다. 안나는 카트리의 글을 보고 당황했다. 이 글은 안나 자신이면서도 자신이 아니었다. 하지만 그 왜곡된 모습은 편지를 하나하나 읽을수록 점점 안나와 비슷해졌다. 결국 안나는 편지 뭉치를 옆으로 밀어 놓고 한참 동안 말없이 앉아 있었다. 카트리는 누가 침묵하더라도 불안해하지 않았다. 카트리는 그저 기다릴 뿐이었다. 마침내 안나가 편지 뭉치를 다시 집어 들고 잠시 뭔가를 찾더니, 카트리를 뚫어지게 바라보면서 말했다. "이건 옳지 않아요! 이건 클링 양이지 제가 아니에요! 아이가 부모에게 화났는데 부모도 힘들 거라고 말하는 건 위로가 아니에요! 그건 가짜 위로지요. 저라면 절대 그렇게 말하지 않을 거예요. 부모는 강하고 완벽해야죠. 그렇지 않으면 아이들이 신뢰할 수 없잖아요! 이건 고쳐야 해요."

카트리는 돌연 격하게 외쳤다. "그럼 아이들은 대체 얼마나 오랫동안 신뢰하지도 못할 데 기대고 살아야 한다는 말인가요! 아이들은 몇 년이나 믿지도 못할 것에 속아야 하나요? 아이들은 빨리 배워야 해요. 그래야 스스로 살아 나가죠."

"저는 살아 나갔어요." 안나가 날카롭게 대답했다. "심지어 아주 잘 해냈죠. 그리고 보세요. 아이들은 언젠가 부모에게 화를 낼 테고, 그게 자연스러운 일이라고 했지요. 제가 그런 말을 쓸 수 있으리라고 생각해요?"

"아니요. 그건 실수였어요. 그때는 제가 선생님이 아니었네요."

"그렇죠. 아이들에게 그렇게 말할 수는 없어요. 아이들 모두가 화를 낸다고 통치면, 그 한 아이의 고민은 덜 중요해지잖아요. 그 아이는 더 이상 유일한 존재가 아니에요."

"그렇죠." 카트리가 말했다. "하지만 무리에 속하게 되는 거예요. 아이들은 서로 비슷해지려고 애쓰죠. 다른 아이들도 다 똑같이 겪었다는 사실은 차라리 위로가 돼요."

"어떤 아이들은 개인주의자예요."

"그럴 수도 있지요. 그러나 그럴수록 무리에 숨어야 해요. 다르면 배척당한다는 것을 자기들도 아니까요."

안나는 거듭 말했다. "그리고 이것도 좀 보세요. 아이들의 글에 대한 언급은 대체 어디 있어요? 이 아이는 재주가 없는 게 누가 봐도 확실하긴 하지만, 그래도 토끼를 그려 줬는데, 그 그림을 제 책상 위에 걸어 놓았다고 써 줄 수는 있잖아요……. 다른 아이는 스케이트를 배우는 중이고 고양이 이름은 톱시라고 하니까, 큼직큼직하게 적으면 스케이트하고 고양이 이야기로 한 페이지 정도는 채울 수 있어요. 도무지 주어진 자료를 활용하지 않는군요."

카트리가 말했다. "선생님, 선생님은 사실 상당히 냉소적이시네요. 어떻게 그걸 감추고 계셨나요?"

안나는 더 이상 귀 기울이지 않았고, 편지에 손을 얹은 채 말했다. "애정으로요! 큰 글씨로 쓰세요! 제 고양이 이야기를 하고, 그 고양이가 어떻게 생겼고 무엇을 하는지 들려주고……."

"고양이 없으시잖아요."

"그건 하나도 중요하지 않아요! 아이들은 다정한 편지를 받아야 해요. 그게 다예요……. 아직 더 배우셔야겠는데, 할 수 있을지 모르겠네요. 안 좋아하실 거 같아요."

카트리는 어깨를 으쓱하고 흘낏 늑대의 미소를 짓더니 말했다. "선생님도 안 좋아하시잖아요."

안나는 얼굴을 붉힐 수밖에 없었고, 이렇게 대화를 마쳤다. "제가 뭘 좋아하는지는 중요하지 않아요. 다만 아이들이 저를 믿고, 제가 아이들을 속일 수 없음을 확신해야 해요. 피곤하군요."

'아, 안나 에멜린, 당신은 자기 양심에만 관심 있고, 그것만을 돌보는군요. 귀엽고 깜찍한 거짓말쟁이예요. 아이들은 당신을 사랑한다고, 여기에 와서 당신 그리고 토끼들과 함께 살려고 돈을 모은다며 편지를 쓰죠. 그럼 당신은 정말 다정하게 환영이라고 말하지만, 그건 거짓말이에요! 그냥 마음 편하려고 건넨 약속들은 결코 아무것도 보증하거나 변제할 수 없지요⋯⋯. 숨어도 소용없어요. 단지 거절하지 못해서, 따지고 보면 모든 사람들이 선하다고 자신을 속이면서, 헛된 약속이나 돈으로 멀리 밀쳐놓는 까닭은, 결국 스스로 편해지려는 것뿐이잖아요. 하지만 장기적으로는 더욱 꼬이고 말죠⋯⋯. 페어플레이에 대해서는 아무것도 모르는군요! 당신은 대적하기 어려운 상대예요. 진실은 쇠못으로 박아야 하는데, 푹신한 매트리스에는 못을 박을 수 없으니까요!'

더 이상 아이들에게 편지를 쓸 필요가 없어지면서 안나의 규칙적인 일과에는 갑자기 빈틈이 생겼다. 하루하루가 더 편안해졌으나, 공허하고 한층 다루기 어려워졌다. 그래도 안나는 카트리가 가져다주는 모든 답장에 아름답게 서명하고 토끼를 계속 그려 넣었다. 어느 날 안나가 피곤해하자, 카트리는 직접 서명하고 토끼까지 그리는 실수를 했다. 풀밭에 앉아 있는 토끼의 뒷모습을 그리는 일이라 특별히 어렵지는 않았다. 하지만 카트리는 거칠게 쓱쓱 토끼를 그렸다. 안나는 그 그림을 보고서 아무 말도 하지 않았지만, 그 시선은 바깥의 눈보라보다 차가웠다. 카트리는 더 이상 토끼를 그리지 않았다.

안나는 실비아에게 몇 차례 더 전화를 걸었지만, 매번 아무도 받지 않았다.

19

카트리를 찾아와서 이런저런 어려운 문제에 대해 조언
을 구하는 사람들이 더러 있기는 했지만 아주 드물어졌다. 사
생활을 너무 드러내는 것 같아서, 사람들은 자기네 일로 토끼
집을 찾기를 꺼렸다. 벨을 누르면 대개 카트리가 문을 열지만,
그 뒤에 선 에멜린이 깜짝 놀란 새처럼 달려와서 카트리의 어
깨 위로 넘겨다보며 사람들이 무엇을 묻는지, 커피를 마시려
는지, 혹시 싫은지, 아니면 차를 원하는지 궁금해했다. 그러니
어딘가 거꾸로 된 인상을 받았고, 결국 카트리 방으로 올라가
면서도 무슨 불법적인 일을 꾸미거나 점쟁이를 찾아가는 양
부끄러운 기분을 느꼈다. 그때쯤 아이들은 카트리가 지나가
면 마녀라고 외치기 시작했다. 어쩌다 그런 생각들을 했는지

모르지만, 아이들은 작은 개처럼 냄새를 잘 맡는다. 카트리가 눈앞을 지나는 동안 아이들은 조용했지만, 이윽고 이내 한목소리로 시시한 곡조를 외쳤다.

카트리가 가게로 향했다. 개는 밖에서 기다렸고, 아이들은 조용했다.

가게 주인이 토끼집은 어떠냐고 물었다.

"잘 지내요. 고맙습니다." 카트리가 대답했다.

"에멜린도 괜찮고요? 할망구는 유언장을 썼나?"

가게 안에는 둘뿐이었다. 카트리는 선반에서 무언가를 찾다가, 가게에 부드러운 크리스프브레드*가 없냐고 물었다.

"아이고, 이제 씹지도 못해? 그럴 수가 없나 봐?"

카트리가 응수했다. "제가 경고하는데, 조심하세요."

하지만 그는 계속 시비를 걸었다. "요새 씹고 맛보는 건 다른 사람들이라지. 아닌가?"

카트리는 몸을 돌렸다. 카트리는 무척 노랗고 휘둥그레진 눈동자로 이렇게 대답했다. "주의하라고요. 저는 개에게 명령할 수 있어요. 그리고 개는 제대로 물고 씹을 수 있고요."

카트리는 돈을 지불하고 개와 함께 집으로 향했다. 그 뒤를 따르는 아이들은 어느새 입에 익은, 혐오로 가득한 단조로

---

*　밀이나 귀리를 주재료로 해서 바삭하게 구운 얇은 비스킷.

운 노랫소리를 불러 댔다. 길을 따라 내려오던 마츠는 아이들이 마녀라고 외치는 소리에 멈추어 섰고, 얼굴이 창백해졌다.

"내버려 둬." 카트리가 말했다. "아무것도 몰라서 그래."

하지만 마츠는 아이들을 붙잡으려고 손을 뻗치며 달려갔고, 그러자 모두 도망쳤다. 마츠처럼 아무 말 없이.

"내버려 둬." 카트리가 다시 말했다. "화를 내지 않도록 조심해야 한다는 거 알잖니. 무모한 일이야. 나는 무엇에도 흔들리지 않아."

그날 저녁, 릴리에베리는 토끼집에서 카트리와 가게 주인의 문제를 이야기하고 싶어 했다. 둘은 계단을 올라가서 카트리의 방으로 갔다.

"밴 때문이야." 릴리에베리가 말했다. "주인이 휘발유값을 내고, 내가 가게에서 사는 물건의 값을 깎아 주지. 하지만 내 생각에 급여가 너무 적어. 읍내의 다른 운전사들과 비교해 봤는데, 그 사람들은 더 받는다고. 그런데 가게 주인은, 내가 돈을 더 요구하면 다른 누군가가 그 차를 운전할 수도 있다고 하지."

"할 만한 사람이 있어?"

"몇 명 있지. 심지어 그 일이 재미있다고 생각해서 돈을 덜 받고도 일할 사람들이야."

"할인은 얼마나 받고, 급여는 얼마나 받는데?"

릴리에베리는 종이 한 장을 꺼내더니 카트리에게 건넸다. "내가 지금 받는 건 이렇고, 이게 내가 받고 싶은 액수야. 그런데 가게 주인이 양보를 안 해."

카트리가 말했다. "네가 모를 것 같은 사실이 하나 있는데, 가게 주인은 휘발유값을 다 내지 않아. 어선들이 정박하는 부두에서 등대까지 가스통을 운반하도록 국가가 지원해 주거든. 몇 분밖에 안 걸리는 거리인데도 말이야. 그리고 그가 우체국에서 추가로 돈을 받고, 또 자기 화물을 우편 버스로 나른다는 사실도 모르지? 가게 주인이 거짓 정보를 제출했으니, 국가에서 하려고만 하면 그에게서 권리를 도로 빼앗을 수 있어."

한동안 말이 없던 릴리에베리는 조심스레 카트리가 어떻게 이런 정보를 알았는지 물었다.

"아주 오랫동안 가게에서 계산을 도왔으니까."

릴리에베리는 "망했네." 하고 던지듯 말하고서 다시 침묵했다. 그러더니 결국 이건 협박이나 다름없다고 말했다. 가게 주인은 정직하지 못하지만, 아무리 그래도 남을 관청에 고발하지는 않는다고. 그러는 게 아니라고.

"좋을 대로 해. 하지만 이런 일을 네가 파악하고 있음을 알게 하라고. 그럼 급여를 올려 줄 거야."

"네가 그렇다니까 그렇겠지. 하지만 내 마음에 들지는 않아. 어쨌건 고마워."

릴리에베리가 떠난 뒤, 카트리는 계속 침대 덮개를 짰다. 집 안은 아무 소리 없이 고요했다. 카트리는 뜨개질이 빨랐고, 손이 하는 일을 눈으로 볼 필요조차 없었다. 뜨개질은 무엇보다도 생각을 쉬게 하는 방법이었다. 그래도 생각은 하나씩 연달아 거듭 떠올랐고, 카트리는 결국 무섭고 냉혹한 가능성에 굴복했다. 릴리에베리를 다시 붙잡아야 한다, 지금 당장. 카트리는 서둘러 현관으로 뛰어 내려가서 외투를 걸치고, 개에게 따라오라고 손짓을 했다. 벌써 어두웠다. 급히 나오느라 손전등마저 잊어버렸지만, 돌아갈 시간은 없었다. 릴리에베리의 집으로 가는 지름길은 제대로 닦이지 않아서, 카트리는 자꾸 수풀 속으로 빠졌다. 그녀는 잠시 멈추어 서서 눈을 꼭 감고 팔을 앞으로 뻗은 채 헤쳐 나갔다. 릴리에베리의 토끼 농장에서 나는 냄새를 먼저 맡고서야, 농장 창문에서 새어 나오는 불빛을 나무줄기들 사이로 알아볼 수 있었다. 네모난 창문의 서리 위로 아주 희미하게 빛이 흘러나왔다. 아마 아직 저녁 식사를 하고 있으리라. 원래는 다음 날까지 기다렸다가 방문했어야 할 터다. 이 행동이 옳지는 않았지만 어쩔 수 없었고, 이제 와서는 아무 상관도 없었다. 카트리는 장화를 현관에 벗어 두었다. 에드바르드 릴리에베리가 문을 열었고, 동생들은 식탁에 앉아 있었다.

카트리가 말했다. "할 말이 있어. 오래 걸리지는 않을 테지만, 식사를 마칠 때까지 내가 기다릴게."

"그럴 필요 없어." 릴리에베리가 말했다. "음식이 식지는 않을 거야. 방으로 가자."

보통 형제들은 모두 거실에서 잤으니, 방은 꽤 추웠다. 카트리는 앉으려고 하지 않았다. 서둘러 단호하게 말했다. "내가 틀렸어. 네가 받는 급여는 정상이고, 음식에 대한 할인도 거의 상한선이야. 가게 주인이 몇 사람을 속였지만, 너한테는 아니야. 내가 말한 거 취소할게. 내가 잘못 생각했어."

에드바르드 릴리에베리는 당황했다. 커피를 한 잔 내주려고 했지만 카트리는 괜찮다고 사양했다. 방에서 나가기 전에 카트리가 말했다. "어쨌건 한 가지는 기억해. 뭔가를 그냥 꾹 삼키는 일이 꼭 손해 보고 양보하는 건 아니야. 그래도 그 사람을 주의해. 어쨌든 가게 주인은 모르겠지만 너는 운전을 좋아하니까, 결국 네가 이익이야."

뜰로 나오니 토끼 냄새가 진동했다. 할 만큼 했다. 릴리에베리는 이제 카트리를 믿지 않을지도 모르고, 그렇다면 큰 문제다. 배는 릴리에베리에게 주문해야 하고, 여름이 되기 전에 완성하려면 서둘러야 하니까. 릴리에베리에게 아직 있지도 않은 돈을 믿게 할 수도 없는 노릇이고, 흔들림 없이 똑바

로 가던 길에서 잠시 벗어남으로써 스스로의 정직함을 의심
하게 해 놓고는 다시 약속을 믿으라고 할 수도 없는 일이었다.

20

　겨울이 새로운 단계로 접어들었다. 바닷가는 고요했다. 얼음 위로 부는 바람에 눈이 길게 줄무늬를 그리며 사이사이 유리처럼 투명한 바닥을 드러냈다. 얼음낚시를 하러 나간 사람이 많았다. 후스홀름의 에밀은 빨간 스노모빌을 타고 멀찍이 얼음 구멍을 여기저기 찾아다녔고, 그 뒤에 달린 썰매 위에는 아내가 앉아 있었다. 눈 더미가 물에 빠지거나 부서지기도 했지만 아직 얼음은 만이나 곳에서까지 단단했다. 날씨는 매일매일 맑았다. 어느 날 아침, 안나는 어선들이 정박하는 부두로 내려가서 빙판 위를 훑어보며, 카트리가 물에 빠지라고 내다 버린 거대한 가구 더미를 눈으로 찾아보았다. 하지만 강렬한 반사광에 눈이 부셔서 아무것도 보이지 않았다. 조선소에서 망치 소리가 이어졌다. 리듬에 맞춰 규칙적으로 망치를 치던 두 사람이 함께 멈추더니, 이내 계속 내리쳤다. 안나는 활어 탱크 위에 앉아서 부신 눈을 감았다.

"날씨가 좋지요." 카트리가 뒤에서 말했다. "선글라스를 잊으셨네요."

안나는 고맙다면서 선글라스를 주머니에 넣었다.

"그리고 편지가 왔어요. 또 플라스틱 회사지요."

안나는 허리가 뻣뻣해졌고, 눈을 더 꾹 감았다. 그리고 마침내 해가 따뜻해지기 시작했다고 한마디를 하고는 혼자 나지막이 휘파람을 불었다. 카트리는 잠시 가만히 서 있다가 토끼집으로 돌아갔다.

안나는 다른 많은 것들과 마찬가지로 플라스틱 회사를 잊을 수 있었다. 갈색 봉투라고 부르는, 오직 타자기로 쓰고 꽃무늬가 전무한 이 편지들은 안나의 삶에 몇 년 동안 그림자를 드리웠다. 대개의 경우, 안나는 관심을 주셔서 감사하다, 그쪽에서 토끼를 사용해 주시다니 기쁘고, 계약 조건도 괜찮다며 따뜻한 인사를 보낼 수 있었다. 하지만 때때로 이런 일이 귀찮아졌다. 회사는 뚜렷한 정보를 원했지만, 안나는 기억 속에서도 서랍 속에서도 이를 찾을 수 없었다. 그럴 때면 안나는 비겁하게 포기하고, 이 어려운 편지들을 '생각이 더 필요한 장롱' 속에 넣었으며, 결국 어떻게든 완전히 잊어버렸다. 플라스틱 회사도 당연히 그 수순을 따라야 했다. 그 회사는 지금까지 안나 에멜린이 토끼와 관련해서 맺었던 모든 계약서의 사본을 원했다. 몇 주일 전, 이런 요청이 오자 안나는 이미 그 장롱으로 향하고 있었다. 그런데 마침 카트리가 뜰에서 양탄자를 두드려 털고 있었다. 안나는 편지를 손에 쥔 채자리로 돌아와서 거듭 읽었다. 그 편지는 오해의 여지란 아무것도 없이 명명백백했다. 결국 안나는 큰 장롱의 서랍을 무작정 열었는데, 서랍 속은 벌써 편지와 뭔지 모를 종이 들로 가득했다. 전부 잊어버리고 책 속으로 숨는 것이 가장 자연스러운 행동일 듯했다. 하지만 다음 날 아침, 마음에 걸리는 일들이 다시 떠올랐고, 플라스틱 회사가 '가능한 한 빨리'라고 쓴글자가 갈색 봉투를 뚫고 불처럼 타올랐다. 안나는 후회가 없도록 재빨리 서랍 속의 내용물을 침대 위에 쏟고 편지들을 뒤지기 시작했다. 편지들을 일단 대강의 방식으로 분류해야 함을 슬쩍 봐도 알 수 있었다. 침대는 너무 좁았으므로, 편지 뭉치가 방바닥으로 쏟아지며 뒤죽박죽이 되었다. 아예 양탄자위까지 퍼뜨려야 했다. 그리고 어느 뭉치가 어느 뭉치인지더 이상 기억할 수 없었다. 연신 실수했고 허리가 아파 왔다. 12시 무렵, 안나는 카트리에게 말했다.

"저한테 무슨 일을 저지르셨는지 보세요." 안나가 말했다. "이 사람들이 제 계약서를 다 보겠다고 하네요! 그게 다 어디 있는지 내가 어떻게 알겠어요……. 게다가 아빠와 엄마의 편지까지 온통 뒤섞여 있어요. 18세기부터 받은 모든 크리스마스카드와 자질구레한 영수증 들까지요!"

"이런 게 더 있나요?"

"장롱이 꽉 찰 만큼요. 필요 없다고 생각한 것들은 장롱 위쪽에 넣어 두었죠. 아니면 중간에……."

"지금 급하세요?"

"급해요."

카트리는 말했다. "기다리셔야 해요. 시간이 좀 걸릴 거예요. 하지만 저는 목록을 잘 만든다고 자신해요."

마츠는 편지들을 모두 카트리의 방으로 옮겼고, 장롱은 비었다. 안나는 이것을 큰 패배로 느꼈지만 안도감이 더 컸다.

금세 그리고 점점 더 경악하며, 카트리는 정신없고 산만하고 현실적이지 못한 사람이 충분한 시간 속에서 만들어 낼 수 있는 산더미 같은 혼돈을 정리해 나갔다. 카트리는 여기저기를 조금씩 읽어 보면서 최악의 사태를 의심했다. 하지만 지금 중요한 것은 오직 안나의 계약서였다. 카트리는 계약서들을 찾아냈지만, 정말 누구에게도 보여 줄 수 없는 상태였다. 안나가 어떻게 이런 밑도 끝도 없는 속임수에 넘어갈 수 있는

지를 살필 수 있는 이성적인 사람이라면, 그 누구도 안나에게 이보다 더 나은 조건을 제시하지 않으리라. 카트리는 상황을 설명했다.

"하지만 그 사람들은 기다리고 있어요." 안나가 매우 걱정하며 말했다.

"기다려야죠. 우리는 지금 그 사람들에게 계약 조건을 최대한 빨리 보내 주기를 기다리고 있다고, 편지를 쓸 거예요."

"하지만 제 계약서에 대해서는 뭐라고 하지요? 사라졌다고 해요?"

"계약서가 사라지다니요. 우리가 뭐 하러 거짓말을 해요. 그냥 아무 말도 안 하는 거죠."

그때 갈색 서류철들이 집 안에 나타나기 시작했다. 카트리가 읍내에서 주문한 것이다. 이제 카트리는 더 이상 뜨개질을 하지 않았고, 저녁마다 매우 주의 깊게 안나의 거래 편지들을 검토했다. 날짜도 빠져 있고, 페이지조차 안 매겨진 계약서의 낱장이 엉뚱한 서랍에서 나타나곤 했다. 카트리는 인내심을, 그리고 약간은 사냥개의 직감을 발휘해서 거의 모든 정보를 찾아낼 수 있었다. 평생 동안 분명함에 대한, 또한 모든 것을 최대한 합리적으로 정리하려는 욕구가 컸던 카트리는 안나 에멜린의 편지를 정돈하며 편안한 만족감을 느꼈다. 차차 카트리는 아주 오랫동안 무슨 일들이 있었는지 대략 파악할 수 있었고, 계산하기 시작했다. 그리고 안나 에멜린이 지나칠 정도로 남을 믿거나 부주의하거나 게을러서 손해 본 금액을 모두 더해 보았다. 거절하기 싫거나 인간 관계상의 의무감 때문에 안일하게 처리한 일들도 있었지만 그건 생각보다 적었고, 대부분 그냥 안나가 무관심했던 경우들이었다. 카트리는 손해 본 금액을 까만 수첩에 적었다.

"어떻게 되고 있어요?" 안나가 문가에 서서 물었다. "카트리 양, 제가 너무 부주의했던 건 아닌지 걱정이에요……."

"안타깝지만 사실이에요. 말도 안 되는 합의를 많이 하셨어요. 여기선 건질 게 별로 없어요." 카트리가 배분율과 최소 보장액에 대해서 계속 설명하는 동안, 안나는 말을 잃은 채 한 줄로 꽂힌 갈색 서류철들 앞에 시무룩하게 서 있었다. 서류철에는 이미 밖으로 보이는 쪽에 네모난 갈색 쪽지가 붙어 있었고, 내용물의 정보가 카트리의 예쁜 필체로 써 있었다. 말이 귀에 들어오지 않았다. 서류철들을 보면 울적해져서, 마치 자신만이 간직하고 있던 모든 것, 이제껏 미뤄 둔 모든 것이 갑자기 잔인한 규정에 따라 정확하게 명시되어, 누구라도 뒤적이고 심지어 자신을 비난할 수 있게끔 변해 버린 느낌이었다.

갑자기 카트리가 하던 일을 멈추고 말했다. "휘파람 불지 마세요."

"제가 휘파람을 불었나요?"

"네, 안나 씨. 내내 휘파람을 불고 계세요. 부탁인데 멈춰 주세요. 그리고 제가 말씀드렸듯, 서류철들로 분류해 놓으면 안나 씨 입장에서도 훨씬 간단해질 거예요. 곧 필요한 것을 쉬이 찾아보고 상황을 정확하게 파악하실 수 있어요."

안나는 카트리를 한참 바라보더니 그 말을 따라 했다. "상황이라……."

"사업이요." 카트리가 말했다. 천천히, 친절하게. "합의 들요. 안나의 말과 그 사람들의 말요. 가령 지난번 배분율이 어땠는지를 알아야 더 많이 요구하실 수 있잖아요. 그렇지 않 나요?"

"그럼 저기 바닥에 있는 것들은 뭔가요?" 안나가 갑자기 물었다.

"뜨갯감이요. 모두 이어서 이불로 만들 거예요. 색깔들이 서로 어울리는지 맞춰 보는 중이에요."

"아하. 색깔들이 서로 어울리게." 안나는 바닥에 널려 있 는, 코바늘로 짠 네모진 뜨갯감 하나를 손에 들고서 자세히 살펴보았다. 카트리에게서 고개를 돌린 채 안나는 편지를 정 리해 주어서 고맙다고 딱딱하게 말했다. 이제는 찾고 싶으면 무엇이든 찾을 수 있으니까. 바랐던 일이기는 하지만 필요하지는 않을 것이다. 결국 다 지나간 일이니까.

"그렇긴 하죠." 카트리가 씁쓸하게 말했다. "다 지나간 일이긴 해요. 하지만 아무도 손을 쓰지 않는다면 계속 일어날 일이죠." 약간의 침묵이 흐른 뒤, 카트리가 말했다. "안나, 저를 믿어요?"

"특별히 믿지는 않아요." 안나가 사근사근하게 답했다.

카트리가 웃기 시작했다.

안나는 몸을 돌리며 말했다. "카트리, 당신은 미소 지을 때보다 소리 내서 웃을 때가 어딘지 더 좋아요. 이 침대 덮개는 솜씨 좋게 짰지만, 초록색은 이 자리에 안 맞네요. 초록은 쉽지 않은 색깔이에요. 나는 산책을 좀 해야겠어요. 테디도 데려가서 바람을 좀 쏘이면 어떻겠어요?"

카트리의 얼굴은 다시 굳었다. "안 돼요. 개를 잘 다룰 줄 모르잖아요. 그 개는 저하고 나가거나 마츠하고 나가야 해요."

안나는 어깨를 으쓱하더니 갑자기 반감을 드러내면서 돈에 대한 카트리의 관심이 지나치다고, 자기 집안에서 돈은 적절한 대화 주제로 여겨지지 않았다고 말했다.

"정말요?" 카트리가 화살같이 쏘아붙였다. "그렇게 생각하세요? 부적절한 대화 주제라고요?" 카트리는 창백해졌고,

안나를 향해서 힘없이 한 걸음 내딛었다.

"왜 그래요?" 안나가 뒷걸음치며 말했다. "몸이 불편해요?"

"아니에요. 몸은 괜찮아요. 저는 전에 아무 이유도 없이 돈을 하수구에 쏟아부으시는 모습을 봤을 때 정말 불편했어요. 그렇게 내버리는 것, 당신이 끔찍히도 싫어하는 돈들이 사실은 기회들이거든요. 모르시겠어요? 돈 걱정이 필요 없을 만큼 이렇게 안정된 생활을 누릴 기회, 관대하게 베풀 기회, 돈 없이는 가질 수 없는, 새로운 영감을 얻을 기회 들이라고요. 돈이 없으면 생각마저 좁아지고 찌그러져요! 당신은 이런 식으로 사기당할 권리가 없다고요⋯⋯." 카트리는 아주 낮은, 전과는 다른, 두려워지게 하는 목소리로 말했고, 돌연 말을 끊었다. 침묵은 길어졌고, 견디기 불편해졌다.

안나는 말했다. "무슨 말인지 모르겠어요."

"그래요. 모르겠지요."

"얼굴이 창백하네요. 제가 도울 게 있으면⋯⋯."

"있어요." 카트리가 말했다. "하나 있어요. 제가 안나의 사업을 살피게 해 주세요. 전 할 수 있어요. 제가 알아요. 저는 수입을 두 배로 늘릴 수 있어요." 대답이 침묵으로 돌아오자 카트리는 말했다. "죄송해요. 제가 조금 성급했네요."

"많이요." 안나가 말했다. "하지만 이제 다시 안색이 괜찮아 보이네요." 안나는 엄마처럼 말했다. 오래전에 침묵한, 고고한 선의의 목소리로. "카트리. 하고 싶은 대로 하세요. 하지만 저에게 어떤 의미로든 안정이나 관대함이 부족하다는 생각은 하지 마세요. 그리고 분명히 말씀드리는데, 제 영감은 저의 재산과 아무 관계가 없어요." 안나는 짧게 고개를 끄덕이며 목례를 한 뒤, 방에서 나갔다. 안나는 계단에서 심한 피로를 느꼈고, 가만히 서 있을 수밖에 없었다. 이윽고 이것 또한 지나갔다.

"성급했다고? 성급해?" 안나가 경멸하듯 중얼거렸다. "자기는 성급한 말을 안 한다는 사람이⋯⋯. 그리고 그건 무슨 말이었을까. 내가 잘못한 건 뭐지⋯⋯."

아래층으로 내려오니, 개가 누운 채 노란 눈으로 쳐다보았다. 만져도 안 되고 음식을 줘도 안 되는, 다루기 힘들고 위험한 개가. 안나는 처음으로 그 커다란 짐승에게 다가가서 머리를 툭 건드렸다. 전혀 상냥하지 않게, 힘을 담아서.

"관계자 제위. 문의하신 바에 에멜린 양이 더 빨리 답신드리지 못한 점을 유감스럽게 생각합니다⋯⋯." 카트리가 살펴보니, 이미 2년 전의 문의였다. 하지만 아직 너무 늦지는 않았는지도 모른다. 그 제안은 상당히 유리해 보였다. 카트리는 펜을 꺼내고 창밖을 응시했지만, 정말로 바라보지는 않았다. 바로 옆에는 『상용 편지 작성법』과 영어 사전이 놓여 있었다. 영어 편지는 어려웠지만 그런대로 작성할 만했다. 카트리는 이를 악물고, 여러 가지 이유로 꽃무늬 토끼를 이용해서 돈을 벌려고 하는 사람들에게 유창하지는 않지만 의미만큼은 분명한 편지를 썼다. 별다른 도리가 없어서 단순하게 표현했으므로, 이 편지들은 무지막지할 정도로 직설적이었다. 원고료를 올리거나 매절 계약을 인세로 바꾸는 데 성공할 때마다, 카트리는 이런 성과를 까만 수첩에 적었다. 그리고 온갖 종류의 자선 사업, 취미 활동, 쓸데없이 고집만 부리는 인간들의 호소를 거절함으로써 아낀 액수도 적었다. 수첩에는 모든 것이 적혔고, 1페니까지 정직하게 기록되었다. 카트리는 이것을 굽신대지 않고, 절대 성급하고 과도하게 요구하지도 않음으로써 마츠를 위해 번 돈이라고 생각했다. 이렇게 받은 답장 속에는 냉정하지만 존중심이 들어 있었고, 배분율을 낮추어야 하는 경우는 아주 드물었다. 쌍방 중 아무도 편지 말미에서 인사치레로 날씨 이야기를 적지 않았다. 카트리는 까만 수첩의 겉장에 쪽지를 붙이고 '마츠를 위해.'라고 썼다. 도전적으로 제안하는 일이나 돈을 되찾아 오는 진지한 게임은 현실적인 노름이 되었고, 한시도 카트리의 머릿속을 떠나지 않았다. 카트리는 수집가의 기이한 열병에 사로잡혀서, 정복한 액수를 수첩에 적을 때면 희귀한 소장품을 마침내 얻어 낸 수집

가처럼 깊은 만족을 느꼈다. 카트리는 꼼꼼하게 살피면서, 무엇이 마츠의 것일 수 있을지를 따졌다. 안나의 몫은 안나가 받아들였을 법한 조건이었다. 카트리가 되찾아 오거나 수정할 수 있는 이익 중에서 안나는 3분의 2의 몫을 받았다. 하지만 사람들이 아무것도 지불하지 않은 채 안나에게서 이윤을 챙길 수 있었을 경우라면, 그 이익은 모두 마츠의 계좌로 돌아갔다. 안나가 양보함으로써 장기적으로 출판 매상을 올릴 수 있었던, 이른바 모호한 경우에는 똑같이 배분했다.

"플라스틱 회사의 일은 다 끝났어요." 카트리가 말했다. "생각보다 잘되었지요. 그리고 그 회사의 제안으로 '고무 협회'와의 충돌을 피할 수 있어요."

"아, 네." 안나가 말했다.

"출판사가 또 편지를 보내왔어요."

안나는 내용을 읽어 보더니, 편지가 평소처럼 다정하지 않다고 언급했다.

"당연하죠. 더 이상 속일 수 없음을 알아챘으니까요. 이제 다음번부터는 매절 원고료가 아니라 인세를 받을 거예요. 다음 책의 선택권을 출판사한테 양도하지는 않으셨지요?"

"글쎄요. 잘 기억나지 않는데······."

"서류에는 아무 말도 없어요. 그리고 더 좋은 조건을 제시하는 출판사로 바꾸는 걸 고려해 보실 수도 있지요."

안나는 똑바로 고쳐 앉았지만, 미처 말을 꺼내기도 전에 카트리가 거듭 이야기했다. "연극 동호회에서 꽃무늬 토끼를 사용하고 싶대요. 꽃은 자기들이 그리는데, 예산을 다 써 버렸지요. 당장 돈은 없지만 입장료를 받고요. 저는 아주 낮은 비율의 인세를 요구했어요."

"아니에요." 안나가 바로 말했다. "아무것도 받지 마세요."

"2퍼센트로 합의했어요. 우리 입장을 바꿀 수는 없어요. 그리고 섬유 회사 문제도 있어요. 기존에 3퍼센트였는데, 저는 5퍼센트로 올렸죠. 처음에는 3.5퍼센트로, 그리고 4퍼센트로 올리는 거지요. 아니, 아무 말도 하지 마세요. 우리 쪽에서 올리려고 시도하지 않으면 그 사람들은 우리를 얕잡아 봐요. 고무 협회도 다시 나왔는데, 토끼 모형 속에 스피커를 넣으려고 하죠. 그래서 배분율을 낮추길 원해요. 토끼 모형을 쓰면 비용이 더 들지만, 회사는 판매가를 올릴 거예요. 그렇게 할까요?"

"뭐라고들 해요?"

"3퍼센트요."

"아니, 토끼들이 뭐라고 하냐고요."

"편지에 그런 말은 없는데요."

"토끼들은 아무 말도 안 하지요. 하지만 겁이 나면 소리를 지를 거예요. 죽을 때도요."

"안나, 우리는 이 일을 처리해야 해요. 일이라고요."

"일, 일." 안나가 외쳤다. "저는 토끼들이 소리 지르는 건 원하지 않아요. 그건 우스꽝스럽죠."

"하지만 선생님은 그 광경을 안 보셔도 되잖아요. 중부 유럽 어딘가에서 소리를 질러 댈 테니까요. 거기엔 선생님을 아는 사람도 없고, 선생님도 거기 아는 사람이 없으시잖아요."

"그럼 우리한테 뭘 준다고요?"

"3퍼센트요."

"2퍼센트로 해요!" 안나는 이렇게 외치면서 탁자 위로 몸을 뺐다. 안나의 목덜미가 갑자기 붉어졌다. "2퍼센트라고요! 제가 1퍼센트, 카트리가 1퍼센트."

카트리는 말이 없었다. 카트리가 묵묵부답이자, 안나는 중요한 발언을 했음을 알아채고 반복했다. "제가 1퍼센트, 카트리가 1퍼센트. 우리는 중부 유럽을 나누어 가지는 거예요." 분위기가 격앙되었고, 안나는 같은 말을 반복했다. 카트리는 깊이 숨을 들이쉬더니 약간은 냉담하게 대답했다. 말도 안 된다고. 하지만 안나가 반대하지 않는다면 고무 협회의 인세를 마츠 앞으로 줄 수 있겠다고. "그렇게 해요. 괜찮네요." 안나가 말했다. "그리고 두 번 다시 고무 협회 얘기는 하지 마세요."

카트리는 까만 수첩을 펴고 자신의 길쭉길쭉한 글씨로 이렇게 적었다. "마츠, 1퍼센트."

"다른 중요한 일이 또 있나요?"

"안나, 없어요." 카트리가 대답했다. "제일 중요한 일은 이제 끝났어요."

21

해 질 녘, 조선소에서 하루의 작업을 끝마칠 무렵, 카트리는 부두 쪽으로 내려갔다. 이날 역시 바람이 셌다. 릴리에베리 형제는 집으로 가느라 걸어왔고, 이들을 마주친 카트리는 에드바르드 릴리에베리 앞에 멈춰 섰다. 다른 형제들은 가던 길을 갔다.

"바람이 부네." 카트리가 말했다. "잠시 바람을 피할 수 있을까?"

"글쎄." 릴리에베리가 말했다. "무슨 일인데?" 그는 지난번 대화를 생생하게 기억했으므로, 카트리를 경계했다.

"배에 관한 거야. 배를 하나 주문하고 싶어."

릴리에베리는 그저 바라보기만 했다. 그러자 카트리는

거친 바람을 향해서 외쳤다. "배라고! 마츠를 위해서 배를 만들어 주면 좋겠어!"

그는 대답 대신 길을 돌아가더니 헛간의 문을 열었다. 카트리는 그 안에 들어가 본 적이 없었다. 바람이 양철 지붕을 뒤흔들었지만, 넓은 헛간 안에 있으니 조용하고, 아주 넉넉한 편안함을 느꼈다. 작업 중인 선체의 모습이 어스름히 눈에 들어왔다. 유리창이 있는 벽에 대비되어, 배 늑골의 거대한 실루엣이 도드라졌다. 지붕 아래로는 조만간 갑판이 될 널빤지들이 묶인 채 매달려 있었고, 대패와 타르와 테레빈유 냄새가 풍겼다. 카트리는 동생이 왜 계속 이곳으로 돌아가고 싶어 하는지 이해할 수 있었다. 모든 것이 바르고 깨끗하게 보호받는 세상이었으니까. 카트리는 릴리에베리를 돌아보며, 갑판실이 있는 커다란 배를 지어 줄 시간이 있느냐고 물었다.

"얼마나 크게?"

"9.5미터. 뱃전은 널을 포개지 말고 깔 거야."

"시간이야 생길 수도 있지. 하지만 돈이 많이 들 거야. 모터는 어떻게 할까?"

"4기통 석유 기관으로." 카트리가 대답했다. "40이나 45마력쯤 되는 볼보 펜타. 마츠가 배를 설계했어. 내가 보기에는 훌륭한 설계야. 솔직히 난 잘 모르지만."

"모르는 것 같지 않은데." 릴리에베리가 대답했다.

"마츠의 설계도를 살펴보았지."

"그래, 그래. 맞아. 이제 마츠도 어느 정도 여기 일을 알 때가 되었지. 나도 그 설계를 한번 검토해 봐야겠어."

카트리가 말했다. "약간 곤란한 점이 하나 있어. 모든 게 확실해질 때까지 마츠는 이 일을 몰라야 해."

"돈이 확실해진다는 말이지?"

카트리는 고개를 끄덕였다.

"돈을 낼 수는 있어?"

"응. 하지만 아직은 아니야. 늦은 봄에."

"그런데 이런저런 면에서 이건 아주 이상한 주문이라고 할 수밖에 없어." 릴리에베리가 말했다. "다른 사람들에게는 뭐라 하고? 주문한 사람이 있어야 하잖아. 에멜린이야?"

"아니. 그렇지 않아."

"너는 이 이야기에 등장하지 않는 거고?"

"그렇지. 아직은."

"잘 들어 봐." 릴리에베리는 카트리의 눈을 똑바로 쳐다보며 말했다. "나보고 뭘 하라는 거야? 네가 속지 않으니까 나더러 대신 속으라는 거야?"

카트리는 대답하지 않은 채, 연장들이 걸려 있는 벽까지 다가갔다. 연장들은 하나하나 모두 제자리에 완벽히 정돈되어서 반짝거리고 있었다. 카트리는 조심스레 연장들을 하나

씩 만져 보았다. 릴리에베리는 '동생하고 똑같네.' 하고 생각
했다. '물건을 손에 쥐는 방식이 똑같아. 카트리를 무시할 수
는 없어. 이런 알 수 없는 주문까지 했더라도 다들 카트리 편
을 들겠지. 작은 마녀. 그리고 주문을 취소한다면 다른 데 팔
면 돼.' 그는 꽤 무뚝뚝하게 말했다. "가자. 할 수 있는 데까지
해 볼게."

저녁 늦게, 릴리에베리는 토끼집에 와서 마츠를 찾았다.
선박 설계도에 대해서 들었는데 한번 보고 싶다면서. 둘은 함
께 설계도를 살펴보았다. "훌륭한데." 릴리에베리가 말했다.
"하지만 손볼 데가 많아. 내일 올 때 가지고 와. 하지만 아무
에게도 이야기하지는 말고."

집에 돌아온 릴리에베리는, 뱃전의 널을 포개지 않은
9.5미터짜리 배 한 척을 주문받았다고, 이름을 밝히지 않은
발주라고 말했다.

"그 주문은 언제 들어왔는데?"

"얼마 전에." 릴리에베리가 대답했다. 그의 거짓말은 소
중한 사람에게 주는 선물처럼 무척 자연스러웠다.

22

안나는 말수가 줄고 아주 까다로워졌다. 친절하고 상냥한 자신이 줄곧 속아 왔다는 끔찍한 의심이 들기 시작했다. 안나는 난생처음 의심으로 가득 찼고, 스스로에게나 주위 사람들에게나 이 상황은 편하지 않았다. 안나는 이 모든 사람들에 대해서 곰곰이 생각했다. 이웃 사람들과 출판사, 순진한 어린아이들 모두가 자신을 속인 것이다. 안나는 시간을 거슬러 올라가 보았고, 결국 엄마와 아빠에게까지, 그리고 당연히 실비아에게까지 도달했다. 토끼집 밖의 모든 것들은 옹졸함과 비밀스러운 조소로 이루어진 불확실한 세계가 되었다. 사람을 잘 믿으면 얕잡힌다고 카트리가 말했었다. 카트리는 온갖 문서를 다 쥐고 앉아서 끈질기게 우기며 안나에게 이야기했다. 잘 들으라는 둥, 자기 이익에 반해서 움직이지 말라는 둥, 이번에는 큰 금액이 걸렸으니 무슨 일인지도 모르면서 그냥 안 된다고 하지 말라는 둥, 상대방이 정직해지도록 하면 액수를 훨씬 많이 올릴 수 있으니 이런 큰돈으로 뭘 할 수 있을지 생각해 보라는 둥.

"카트리." 안나가 말했다. "이제 내 말을 좀 들어 봐요. 저는 내내 의심하며 사느니 차라리 속는 편이 훨씬 낫다고 말하겠어요."

그런데 카트리가 실수하고 말았다. "하지만 이제는 너무 늦었잖아요. 그렇지 않아요?"라고 말한 것이다.

안나는 탁자 자리에서 일어났다. 안나는 뜰로 나가는 현관문을 활짝 열고 카트리의 개에게 속삭였다. "나가!" 안나의 손은 두꺼운 털 아래에 숨겨진 그 커다란 짐승의 근력을 기억했지만, 겁내지는 않았다. 연신 밀어내며 결국 개를 눈 속으로 내쫓았다. 그러고는 장작더미에서 막대기를 하나 꺼내 최대한 멀리 던지며 외쳤다. "물어 와! 내 말 들어! 놀아! 내 말대로 해!" 안나는 화가 나서 울기 시작했다. 날씨는 매우 추웠다. 안나는 집으로 돌아가면서 문을 열어 두었다.

안나는 계속 그렇게, 집이 비었음을 알면 언제나 개를 내보냈다. 이를 꽉 물고 매번, 매일, 집요하게 나무 막대기를 숲

쪽으로 던졌다. 마침내 개가 막대를 물어 왔다. 아주 천천히. 그러고는 귀를 뒤로 눕히고 눈 속에 꿈쩍 않고 서서 안나를 바라보았다.

"뭐 하시는 거예요?" 언덕을 올라와서 집 모퉁이까지 다 가선 마츠가 물었다.

"테디는 놀고 있어." 안나가 놀라서 대답했다. "개들은 다 물건을 물어 오기를 좋아해……."

"이 개는 달라요." 마츠가 말했다. "얘는 카트리 말만 듣도록 배웠죠. 들어오세요." 이때까지 마츠가 안나에게 모질게 말한 적은 없었다. 마츠가 문을 열자, 안나는 급히 그를 지나쳐서 현관으로 들어갔다.

"새 책이 왔어. 골라 봐." 안나가 말했다. "난 오늘 저녁에 책 읽을 마음이 없네."

마츠는 책을 하나씩 손에 들었다가 내려놓으며, 결국 걱정스럽게 말했다. 조련된 개들은 어딘가 다르다고, 화나게 할 수도 혼란스럽게 할 수도 없다고, 그런 개들은 두렵다고. 카트리는 개에게 무언가를 물어 오도록 시킨 적이 없다고.

"그런데 이 개는 불행해."

"모르겠어요." 마츠가 말했다. "이 개는 자기 나름대로 괜찮게 살고 있어요. 그리고 제 생각에, 지금 단계에서 고치기에는 너무 늦은 거 같아요."

"그럼 무슨 책을 볼래?" 안나가 조급하게 물었다. "뭘 보냈나 보자…….『어린 에릭의 바다 여행』. 말도 안 돼. 치워 버리고 싶은 쓰레기들만 보냈군……. 조지프 콘래드의 책을 읽어 봤니?『태풍』 같은 거?"

"아니요."

안나는 책을 가지러 갔다. "여기 있어. 한 번뿐이라도 좋으니 현실적인 이야기를 읽어 봐.『태풍』은 폭풍을 만난 배에 관한 가장 훌륭한 작품이야. 여느 모험 이야기보다 한 수 위지. 폭풍만이 아니라……. 들어 봐. 문학을 좋아하는 네 누나도 조지프 콘래드를 읽었을지 몰라." 잠시 뒤 안나가 덧붙였다. "혹시 이 책을 이해했다면."

마츠는 안나에게서 눈길을 돌렸다. 책을 펴고 자기 주위의 다른 모든 물건을 다룰 때만큼 주의 깊게 페이지를 넘기며, 카트리는 거의 다 이해했을 수도 있다고, 카트리는 아주 똑똑하다고 조심스레 말했다. "우리보다 훨씬요." 그가 말했다.

"그런지도 모르지." 안나가 말했다. "네겐 마음대로 생각할 권리가 있으니까. 하지만 얘야, 네 누나에겐 재능이 없단다. 그건 또 완전히 다른 이야기지."

안나가 자리를 떠나자 마츠는 차 한 잔을 끓이고 부엌 탁자에 앉아서 책을 읽기 시작했다. 폭풍 속에서 집은 고요해졌다.

하지만 안나는 책 읽을 마음이 사라져 버렸다. 바다와 정글과 황야의 영웅들은 돌연 생명 없는 형상이 되었다. 더 이상 공정한 보상, 영원한 우정, 정당한 복수라는 정직한 세계를 믿지 못하게 되었으니까. 안나는 어떻게 이런 일이 일어났는지 이해할 수 없었고, 자신만 배척당한 기분이었다.

어느 날 안나는 생각 없이 지나가는 말처럼, 앞으로 자신은 사업에 전혀 관여하지 않을 것이며, 그에 관해서 말하고 싶지도, 어떻게 되는지 알고 싶지도 않다고 말했다. 카트리가 지분에 대해 그렇게 잘 안다고 하니, 자기 생각대로 나누면 되리라고.

"하지만 안나, 그럴 순 없어요. 정말 중요한 편지들은 제가 책임질 수 없다고요. 이건 진지한 문제고, 놀이가 아니에요."

"그러게요. 카트리는 놀 줄 모르죠." 안나가 약간 험악하게 대답했다. "놀이에 대해서는 아무것도 몰라요. 그게 바로 문제죠."

대략 그 무렵, 카트리는 '마츠를 위한 놀이'라고 스스로 명명한 '배분율 게임'을 고안했다. 규칙은 단순했다. 마분지를 네모나게 잘라서 만든 카드마다 5퍼센트나 4.5퍼센트, 7퍼센트, 10퍼센트 하는 식으로 또렷하게 써넣고, 카드놀이 패처럼 나누어 줄 수 있었다. 복잡한 설명 없이 금방 할 수 있는 게임이었다.

카트리가 말했다. "이 사람들은 4퍼센트를 제안하네요. 우리는 얼마나 요구할까요?"

"5퍼센트요." 안나는 즉시 대답하고서 자기 카드를 탁자에 던졌다. "그 사람들한테 속지 마세요!"

"그러면 마츠에게는 얼마큼 가나요?"

"2.5퍼센트요."

"아니에요. 저는 선생님 몫으로 4퍼센트, 마츠 몫으로 2퍼센트를 요구하겠어요. 이번에는 제 차례니까요. 결국 우리는 5퍼센트로 올려서 1퍼센트를 얻어 냈어요. 이러면 판돈이 모이는 거예요."

"판돈으로는 뭘 하죠?"

"그쪽에서 결정하세요."

"테디에게 침대 덮개를 하나 해 주죠." 안나는 이렇게 말하고 웃었다. "다음은요? 다음 제안은 뭐죠?"

"여기는 7.5를 제안하네요."

"10!" 안나가 외쳤다. "하지만 마츠 몫은 딱 4예요."

"안나, 그건 규칙 위반이에요. 10을 받을 수는 없어요."

"그럼 8로 해요. 하지만 마츠는 아까 말한 대로 4를 가져가야 해요. 아니, 5.5퍼센트를 주세요."

카트리가 받아 적었고, 안나는 의자에 다시 등을 기댄 채 말했다. "그럼, 다음은요?"

"지금은 이게 다예요. 제가 장롱에서 찾은 다른 편지들은 이미 다 답장하셨더군요."

"하지만 놀이니까 가짜로도 할 수 있잖아요?" 안나가 말했다. "계속하고 싶어요."

이제 둘은 가상의 액수를 가지고 게임을 했다. 주로 저물녘에, 난로에 불을 붙이고, 탁자에는 초를 두 개 밝히고, 종이와 펜을 놓고, 패를 돌리고, 카드를 보고 값을 부르고, 카드를 냈다. 카드는 모두 큰 액수였으므로, 점차 100만까지 올라갈 수 있었다. 카트리는 기록했고, 이내 이 게임에 적응했다. 또 자주 안나를 이기게 해 주었지만, 비현실적인 게임으로 숫자의 존엄성을 훼손하는 것 같아서 괴로웠다. 안나의 사업을 가지고, 더 정확히 말하자면, 안나가 사업에 대해 이야기하는 방법을 두고 게임을 할 때면 카트리는 비현실감을 느꼈고, 숫자들의 온전한 균형과 의미를 되찾기가 힘들었다. 카트리는 정직한 게임에서 새로 얻어 낸 액수를 스스로 계산한 다음, 마츠의 계좌로 들어간, 이전에 되찾은 액수에 더했고, 그보다 더욱 꼼꼼하게 안나의 몫을 적었다. 끝끝내 카트리는 가상의 돈을 다루는 게임이 불편했다. 게다가 안나가 0을 다루는 방식 역시 혼란스러워서, 카트리는 평생 처음으로 계산을 틀렸고, 긴 시간 동안 방에 앉아서 손으로 두 눈을 꾹 누르며 현실과 그럴싸한 게임을 구별하고자 애썼다. 숫자들은 끊임없이 카트리를 쫓아다녔지만, 더 이상 같은 편이 아니었다. 카트리는 안나의 게임을, 어떤 의미로는 징벌이라고 느꼈다. 잊힌 편지들에는 전부 대답했고, 새로운 편지는 거의 오지 않았다. 안나는 실망한 듯 보였다. "오늘은 속일 사람들이 없어요? 그럼 '100만 게임'을 해요." 이 게임에서는 상대방을 배분율로 꺾을 수 있었고, 더 높이 걸든 낮게 걸든 아무 차이도 없었다. 도중에 경매 피켓 게임으로 바꾼 것은 실수였다. 안나는 뒤끝 없이 패배를 인정하지 못해서, 언짢아하고 삐졌다. 그래서 100만 게임으로 돌아갔다.

안나는 혼자 있는 날이면 개를 뒷마당으로 데리고 나가서 던진 물건을 물어 오게 했다. 개는 달라졌고, 사람이 현관을 지나가면 벌떡 일어나서 이를 드러냈다.

카트리가 말했다. "앉아." 그러면 개는 앉았다.

23

안나의 창문 아래에는 아주 오랫동안 아무것도 들어 있
지 않았던, 하얗게 칠한 연철 화분대가 있었다. 카트리는 안
나의 개인적인 편지와, 그의 부모가 보관해 온 서신을 서류철
로 정리해서 여기에 넣어 두고자 했다. 서류철들은 가구와 어
울리도록 흰 새틴으로 겉장을 씌웠다.

"아하, 엄마 아빠의 편지들." 안나가 말했다. "오래전에
벌써 내다 버린 줄 알았는데요. 그 편지들도 읽었나요?"

카트리는 잠시 뻣뻣해지더니, 안나의 얼굴이 정말 많이
변했다고 말했다. 쭈그러들고 약삭빠른 얼굴이 보기에 별로
좋지 않다고. 그러고는 대답했다. "아니요. 읽지 않았어요."

"상상해 봐요." 안나가 말했다. "꽂아 놓았을 때도 한눈

에 보이도록 연도를 적는 거예요. 그럼 저는 원할 때 보고 싶은 걸 꺼내 볼 수 있겠지요. 1908년에 누가 아빠에게 쓴 편지도 찾아볼 수 있어요."

카트리는 안나를 잠시 바라보더니 아무 말 없이 자리를 떠났다.

안나는 방을 서성이며 이 물건 저 물건을 옮기고 다시 제자리에 갖다 놓았다. 기분이 울적해져서 너무나도 절실하게 위로가 그리워졌다. 결국 안나는 실비아의 편지가 들어 있는 흰 서류철을 들고서 침대에 걸터앉았다. 편지는 시간 순서대로 정리되어 있었다. 안나는 학창 시절과 실비아의 결혼, 실비아의 이탈리아 여행 때의 엽서들은 모두 건너뛰었다. 이어서 안나의 부모님이 연달아 세상을 떠났을 때 받았던 조문 편지가 나왔다. 안나는 조급해져서 계속 뒤적였다. 이제 첫 번째 수채화들이 슬슬 등장할 때가 되었는데. 이제 나왔다. "안나, 할 일을 찾았다니 다행이다. 소일거리가 있으면 늘 좀 편해지지." 아니, 아직 아니다. 아직까지는 그림이 중요해지지 않았다…… 실비아가 그림을 봐 준 다음이었는지, 아니면 첫 번째 책이 나온 이후였는지, 기억나지 않았다. 어쨌든 둘이 처음으로 안나의 일에 대해서 정말 진지하게 이야기했을 때 실비아가 건넸던 말……. 실비아는 안나를 도왔다. 앞으로 나아갈 수 있도록 진정한 도움을 주었다. 어쩌면 이 말이었는지도 모른다. '인생은 짧고 예술은 길지. 안나, 계속 싸워.' 아니다. 이건 아니었다. '무엇이든 너무 심각하게 생각하지 마.' 그리고 '네 토끼들은 정말 귀여우니까 걱정하지 마.' 서신 교환이 끝나 갈 무렵이었다. '자연을 그대로 두면서 아무도 속이지 않는다는 건 무슨 뜻이야? 내가 보낸 작은 새해 선물은 받았니?' 편지는 점점 드물어졌고, 차차 크리스마스카드로 대체되었다. 안나는 중요한 것, 실비아가 안나의 일에 대해 일러주었던 결정적인 말을 찾고자 다시 뒤적여 보았지만, 없었다. 실비아는 이해하지도 못했고 신경도 쓰지 않았으며, 대책 없을 정도로 감상적이었다. 안나는 빈 서류철은 다시 제자리에 꽂고, 편지는 비닐 봉투에 담아서 지하실로 내려갔다. 거기에 깨진 항아리 조각도 함께 넣고 잘 묶었다. 집에는 개뿐이었다. 안나는 옷을 따뜻하게 입고, 바닷가로 내려가는 길에 접어들었다. 빙판은 매우 미끄러웠고, 가구 더미가 있는 곳은 생각보다 멀었다. 가구 더미는 무슨 기념비처럼 거대했다. 안나는 잘 살펴보면서 그 물건들을 알아보려고 노력했지만 불가능했다. 아무도 보지 않는 가운데 안나는 실비아에게 작별 인사를 했다. 현관에서 안나는 개한테 말했다. "자, 어때?" 하지만 이번에는 의기양양함이라곤 전혀 없었다. 그냥 외친 말이었다.

24

마츠는 온종일을 조선소에서 보냈고, 저녁이면 식사를 마치고 자기 방으로 올라갔다. 카트리는 아무것도 묻지 않았다.

마츠는 자리에 앉아서 설계도를 그렸다. 좀 더 다듬어야 할 세부 사항들이 있었다. 책도 더는 읽지 않았고, 오직 배뿐이었다.

'조만간 릴리에베리에게 선금을 줘야 해. 배값의 3분의 1. 중도금은 옆면 플랭킹이 끝났을 때, 잔금은 배가 완성되었을 때. 선금이 준비되면, 마츠에게 지금 짓고 있는 배가 네 것이라고 말해 줘야지. 하지만 아직은 안 돼. 아직 안나에게 말을 못 꺼내겠어. 그리고 요새 변덕스러워졌어. 게임에서 속이기까지 하니까. 이것도 단순히 게임이었다면서 마츠의 배분율을 취소할지 몰라. 기다려야 해. 아주 경계해야지. 늘 견뎌야 해. 내가 기억하는 한, 나는 기다리는 것 말고 한 일이 없네. 최후의 순간까지 기다리는 거지. 내가 가진 직관과 예측력과 대담함을 총동원하고, 모든 것을 공정하게 정리해 줄 결정적 변화가 올 때까지 기다리는 거야. 배가 중요하긴 하지만, 단지 시작일 뿐이야. 안나의 유산을 늘리고 두 배로 만들어야지. 이건 들판에 버려진 돈이야. 지혜롭게 투자하고 살려 내서, 더 이상 100만 게임이 아닌 실전으로, 안나에게 몇 배나 돌려줘야지. 내 수준에 맞는 게임이야. 너무 늦으면 안 돼. 그럴 순 없어!'

25

어느 날, 카트리가 개를 데리고 나간 사이 안나는 작업용 서랍을 열었다. 안나의 서랍 중 이것 하나만큼은 언제나 완벽하게 정리되어 있었다. 겨우내 닫혀 있었던 서랍이다. 안나는 첫 봄 안개가 바다에서 올라올 때면 늘 같은 의식을 거행했다. 표면에 꼼꼼하게 기름칠된 티크 상자를 꺼내서 물감을 자세히 검사하는 일이었다. 빠진 건 하나도 없었다. 부드러운 붓끝을 확인해 보았다. 담비털, 구할 수 있는 가장 좋은 붓이었다. 재료들을 꽤 수고스럽게 다 살펴보았는데, 모두 상태가 좋았다. 그래서 처음 그대로 다시 제자리에 넣었다. 안나는 집 뒤편의 숲으로 나가서 눈밭에 구멍을 하나 팠다. 눈 아래에는 이끼가 있었다. 얼어붙은 땅을 만져 보니 얼음이 서서

히 녹기 시작했지만 아직은 때가 아니었다. 한동안은 기다려
야 했다.

26

카트리는 곶으로 나갔다. 처음 나타난 멧닭들이 숲가에서 노는 소리가 들렸다. 얼음은 아스팔트 같은 잿빛이었고, 그 위로 남색 구름의 그림자가 긴 띠처럼 움직였다. 개는 불안해하며 걸음을 맞추지 않았고, 등대에 가까워지자 도망가 버렸다. 카트리는 개가 알아듣고 따르는 낮은 목소리로 오라고 불렀지만, 개는 늑대처럼 옆으로 돌기만 하고 다가오지 않았다. 카트리는 담배를 꺼냈다. 한 번 더, 이번에는 더 낮은 목소리로 오라고 했지만 개는 꿈쩍도 하지 않았다. 카트리는 몸을 돌렸다. 햇빛이 강하고 투명했다. 자연은 기대를 품고 있었다. 해안선의 얼음에는 벌써 금이 가서 틈 사이사이로 흐르는 물이 숨을 쉬었다. 물은 얼음 위로 올라와서 퍼졌다가 다시 아래로 가라앉았다. 카트리는 담배에 불을 붙였고, 빈 담뱃갑을 구겨서 얼음 위로 던졌다. 그러자 개가 다시 물어 왔다. 해변 물속으로 뛰어들더니 담뱃갑을 물어서 카트리 발밑으로 가지고 온 것이다. 개는 털을 곤두세우고 머리를 한쪽으로 기울인 채 눈을 똑바로 뜨고서 카트리를 바라보았다. 카트리는 개가 적이 되었음을 깨달았다. 집으로 돌아온 카트리는 안나에게 말했다. "안나, 제 개를 망쳐 버리셨어요. 저도 모르게요. 더 이상 그 개를 믿을 수 없네요."

"믿는다, 믿는다." 안나가 대답했다. "더 이상 무슨 말인지 모르겠네요……. 개들은 놀고 싶어 해요. 안 그런가요?"

카트리는 창가로 갔고, 안나에게서 등을 돌린 채 말을 이었다. "무슨 일을 하셨는지 잘 아시면서요. 이제 저 개는 스스로 뭘 해야 하는지를 몰라요. 그게 그렇게 이해가 안 되나요?"

"모르겠어요!" 안나가 외쳤다. "언제는 놀아야 한다고 하고, 언제는 아니라고 하고……."

"놀이를 위해서 개하고 노시는 게 아니잖아요. 알면서 왜 그러세요."

"그럼 카트리 클링, 당신은요? 돈을 가지고 하는 게임은 심지어 재미도 없어요. 그 개가 뭐 특별히 행복하다고 생각하지는 마세요. 그냥 말을 들을 뿐이니까……."

카트리는 몸을 돌리고 말했다. "말을 듣는다고요? 안나는 말을 듣는 것에 대해서는 아무것도 몰라요. 말을 듣는다는 것은, 누군가를 완전히 믿고 일관성 있는 지시를 따른다는 뜻이지요. 마음 놓고 책임에서 자유로워지는 거예요. 그럼 단순해져요. 뭘 해야 하는지 알게 되죠. 무언가 하나만을 믿을 수 있을 때 생겨나는 안도감과 편안함 말이에요."

"하나만이라고요!" 안나가 외쳤다. "무슨 연설을 하시나요? 그리고 제가 왜 카트리의 말을 들어야 하죠?"

카트리는 차갑게 대답했다. "저는 개 이야기라고 생각했는데요."

27

어느 날 아침, 안나는 자신이 직접 가게에 가서 우편물을 가져오겠다고 했다.

"그러세요." 카트리가 말했다. "하지만 길이 굉장히 미끄러우니까 펠트 말고 가죽 장화를 신으세요. 선글라스 잊지 마시고요."

안나는 펠트 장화를 신었다. 언덕의 상태는 최악이었고, 큰길에 거의 다다랐을 때 안나는 눈에 주저앉고 말았다. 어깨 위로 넘겨다보았지만 길가 창문에는 아무도 보이지 않았다.

"아, 네." 가게 주인이 말했다. "가게에 이렇게 들르시다니 정말 드문 일이네요. 좀 걱정까지 했답니다. 멀리 선생님 댁에서 일어나는 일들을 도무지 알 수가 없으니까요……. 특히 요즘은요. 뭘 드릴까요?"

"사탕이 좀 있으면 좋겠는데 이름을 모르겠네요……. 무척 옛날에 먹던 거라서요. 작은 고양이가 그려져 있었죠. 길쭉한데, 고양이가 그려져 있었답니다."

"키스키스군요." 가게 주인은 마치 고양이를 쓰다듬듯 말했다. "오래된 제품이에요. 하지만 새로 나온 것도 좀 있어요. 강아지가 그려진 거요."

"아니요, 괜찮아요. 고양이 그려진 걸로 주세요."

"예. 집에 큰 개를 두기란 쉽지 않죠? 그 개는 거칠다고들 하던데."

"개는 아주 잘 길들었어요." 안나는 따박따박 대꾸했다. 가게 주인이 자신을 속였던 일이 기억났다. 가게 주인의 웃음은 상냥하지 않았고, 하다못해 예의 바르지도 않았다. 안나는 그에게서 등을 돌리고 통조림 쪽으로 향했지만, 뭘 살지 언제나처럼 도무지 결정할 수 없었다. 순드블롬 부인이 들어와서 호들갑스레 놀라더니, 커피와 마카로니를 사고 레모네이드를 받아서 창가 테이블에 앉았다. 그러고는 대화에 귀 기울였다.

가게 주인이 말했다. "클링 양은 대단한 살림꾼이 됐지요. 그 사람은 자기가 뭘 하는지 잘 알아요. 난 늘 그렇게 말했죠. 그리고 동생은 보기보다 똑똑하다고요. 지금은 자신의 설계대로 배를 짓는다면서요? 그렇죠?"

"이건 뭐죠?" 안나가 물었다.

"이스트예요. 빵을 구울 때 쓰지요."

순드블롬 부인은 키드득 웃으며 레모네이드를 더 따랐다.

"배라." 가게 주인이 말을 받고는 웃었다. "배는 참 신기하죠. 저는 늘 배를 좋아했답니다. 에멜린 씨가 주문한 것이겠지요?"

"아닌데요." 안나가 대답했다. "그 배 이야기는 전혀 모르는 일이에요. 죄송하네요. 저는 배에 대해서라면 책에서 읽은 것밖에 몰라요. 이거면 되겠네요. 계산서에 함께 넣어 주세요."

갑자기 가게가 악의로 가득 찬 느낌이었다. 안나가 가게를 나오자 순드블롬 부인이 뒤에서 외쳤다. "클링 양에게 인사를 전해 주세요! 부탁드리는데, 클링 양에게 각별한 인사를 전해 주세요!"

안나는 집으로 향했고, 우편물을 잊은 채 가져오지 않았다. 그 사람들이 뭐라고 했던가? 그냥 가게에서 오가는 시시한 잡담들이었나⋯⋯. 아니다. 아니다. 그들은 더 이상 안나를 속일 수 없다. 안나는 이들의 악함을 알았다. 그들은 마음속으로 자신, 안나 에멜린을 비웃었고, 카트리와 마츠를 비웃었다⋯⋯. 다시는 거기에 가지 말아야겠다. 아무 데도, 숲 말고는 아무 데도 가지 말아야겠다. 최대한 빨리 창작을 시작해야겠다……. 빨리……. 키스키스는 40년 전의 맛이 아니었고, 치아 사이에 귀찮게 들러붙었다. 안나는 걸음을 서둘렀고, 눈 앞의 길만을 똑바로 바라보았다. 이웃 몇이 스쳐 갔지만 그들의 인사는 귀에 들어오지 않았고, 그저 집으로 가고 싶었다. 지긋지긋한 카트리에게로, 이전과 달라졌으므로 씁쓸했지만 악함이나 비밀은 없는 자신만의 세계로. 마을을 벗어날 즈음, 뉘고르드 부인과 마주쳤다. 뉘고르드 부인은 길을 막고 서서 말했다. "에멜린 씨, 급하신가요. 그래도 막 봄이 오려는 모습은 보이시지요? 이제 들판도 슬슬 살아날 거예요."

뉘고르드 부인의 편안하고 상냥한 목소리에 안나는 멈추어 섰다. 그러고는 진창에 선 채로 눈을 들었다. 봄빛에 눈이 부셨다.

"그 위에, 토끼집은 다들 어때요?"

안나는 바로 대답했다. "아하, 마을에서는 그렇게 부르나요?"

"그렇지요. 모르셨어요?"

"네, 정말 몰랐네요."

부인은 진지하게 안나를 바라보면서 말했다. "그냥 별명이지요. 나쁜 말은 아니에요."

"미안해요. 좀 바빠서요." 안나가 말했다. "모르시겠지만, 지금 좀 많이 급해요."

바닷가가 가까워질수록 길은 더 미끄러워졌다. 지팡이도 휘청댔고, 다리를 벌려서 안짱걸음을 해도 도움이 되지 않았다. 우스꽝스럽게 느껴질 뿐이었다. 길가의 눈 더미에 올라가서 숨을 고른 뒤 계속 길을 갔다. 이제 남은 길은 그리 멀지 않았지만 그래도 불안감은 점점 커졌다. 최대한 빨리 전나무로 담장을 친 내 땅, 눈이 깨끗하고 다른 사람들의 발자국도 없는 곳으로 돌아가야 했다. 언덕 아래에는 마을 아이들이 모여서 무언가를 리듬에 맞추어 반복적으로 외쳐 댔다. 딱 한 단어만 알아들을 수 있었고, 아이들은 모두 안나의 집으로 향하고 있었다.

　　"얘들아, 소리 지르지 마!" 안나가 외쳤다. "이제 내가 왔으니까. 무슨 일이니?"

　　아이들은 입을 다물더니 떠나려고 했다.

　　"겁내지 말고." 안나가 말했다. "모두 와 줘서 반갑구나……. 하지만 지금은 너희하고 보낼 시간이 없단다. 알겠니? 아주 급해……." 안나는 주머니에서 사탕 봉투를 찾았다. 아이들은 안나에게 관심을 잃었고, 다시 집을 향해서 소리를 질렀다. "마녀, 마녀, 마녀." 하고 외치는 것 같았다. 안나는 아이들을 지나쳐서 집으로 올라갔다. 안나는 손에서 끈적거리는 사탕 봉투를 뜯어서 눈에 던졌다. "가져가!" 안나는 지팡이를 휘두르며 소리치고는 미끄러운 길을 계속 갔다.

집 뒤쪽의 나무 사이로 육풍이 연신 불어왔다. 축축한 새 눈이 전나무 가지에서 묵직하게 쏟아졌다. 여기 떨어지고, 저기 떨어지고, 숲 전체가 발소리와 속삭임으로 충만하게 느껴졌다. 양지에는 나무뿌리 주위로 맨땅이 보였고, 검고 축축한 대지 위로 갈색빛이 도는 작은 월귤 싹이 보였다. 안나는 무언가를 기다리기라도 하듯 멈추어 섰다가 다시 길을 나섰다.

"올해는 일찍 나왔네." 릴리에베리가 창가에서 말했다. "할망구가 날짜를 헷갈렸나. 그리고 전처럼 잘 걷지도 못하네."

"집 안에 마녀가 있으니 뭐." 동생이 말했다. "결국 저렇게 되지."

에드바르드 릴리에베리는 방으로 돌아와서 말했다. "말조심해. 그 마녀를 얕잡아 보지 말라고. 너보다 열 배는 똑똑하고, 너도 뭐 크게 낫지는 않잖아."

안나는 나무에서 나무로, 숲가를 따라 걸었다. 해마다 똑같은 긴장감, 겨우내 쌓아 놓은 기대감을 품고서 봄이면 늘 걷는 길이었다. 자신의 숲을 알아볼 수 있었지만 오늘은 아직 일렀다. 검은 땅에는 아무 약속도 보이지 않았다. 아무런 가망도 없는 젖은 흙더미는 기적이 일어나리라는 믿음을 주지 않았다.

안나는 집으로 갔다.

28

안나는 스스로 땅을 그리는 사람이라고 생각했다. 때때로 공공연히 그렇게 말했으며, 사람들은 그 말을 겸양의 표시로 받아들였다. 사실은 겸손의 반대였다. 엄격히 따지면 그 말 속엔 숲속의 땅을 제대로 그릴 수 있는 사람은 자신, 안나 에멜린뿐이라는 담담하고 당당한 확신이 들어 있었다. 영원히 살아 있고 쉼 없이 성장하는 땅은 안나를 실망시킨 적이 없었다. 처음 숲에서 산책했을 때, 안나는 격한 두려움에 사로잡혔다. 편안하게 해 주는 것이 아무도, 아무것도 없었고, 심지어 가진 것조차 빼앗기고 발붙일 곳마저 없는 느낌이었다. 세월이 흐르고, 불안은 더 커지기만 했다. 엄마 아빠가 오랫동안 받아 온 편지들을 왜 굳이 꺼냈는지는 스스로도 정확히 몰랐다. 아마도 자신의 일, 업무상의 관계 때문이었으리라. 이 가득 찬 서류철들 어딘가에, 안나가 언제 무슨 이유로 어리거나 젊었을 때 숲속의 땅에 사로잡혔는지, 이날 이때까지 안나를 실망시키지 않은 이 한 가지에 자신을 바친 까닭이나 암시 같은 것이 있을 터다. 중요한 일이었다. 편지가 많아도 너무 많았다. 하지만 율리우스 에멜린과 엘리세 에멜린에게 편지를 쓴 사람들은 딸의 이야기를 하지 않았다. 안나는 계속 읽었다. 점점 속도를 높여서 훑어봤고, 저녁 식사는 생각조차 없었다. 날이 어두워지자 불을 밝히고 끊임없이 읽었다. 오래전 세상을 떠난 이 사람들에게 언젠가 의미 있었을 단어와 소식과 의견의 바다를 헤엄쳤다. 서류철을 하나씩 열었다가 다시 넣을 때마다 안나는 점점 나이 들어 갔지만, 아무도 안나의 이야기를 하지 않았다. 어쩌다가 딸에게 인사를 전해 달라거나 세 사람 모두 즐거운 성탄절을 보내라고 쓰기는 했지만, 안나는 존재하지 않았다. 아빠가 관청과 주고받은 편지, 온갖 협회와 동호회의 회비 영수증, 엄마의 가계부, 해외여행을 다녀와서 간직한 기차표, 평소 만나지도 않던 사람들을 떠오르게 하는 남녀 어딘가에서 보내온 엽서들, 그리고 '엘리세에게. 딸이 학교를 마쳤다니 축하해……' 그러고는 엘리세 에멜린을 조문하는 인사가 나오고 끝이었다. "그렇지." 안나가 말했다. "아마 그때부터 땅을 그리기 시작했을 거야."

29

다음 날 아침, 안나는 일어나지 않았다.

"어디 불편하세요?" 카트리가 물었다.

"아무것도 아니에요. 의욕이 없네요."

카트리는 쟁반을 머리맡 탁자에 놓았다. 안나가 말했다. "그 책은 틀렸어요. 벌써 읽었지만 너무 바보 같아서 어떻게 끝나는지 알고 싶지도 않고요. 책들이 다 비슷비슷해요. 똑같은 게 계속 반복되지요." 그러고는 이불을 머리끝까지 뒤집어 쓰고 카트리가 반박하기를 기다렸다. 하지만 카트리는 그냥 가 버렸다. 카트리는 현관에서 어딘가로 향하던 마츠에게 말했다. "잠깐 안나하고 얘기 좀 해 볼래? 일어나지 않으려고 하는데, 아픈 데는 없어. 그냥 삐져 가지고 그래."

"왜?" 마츠가 말했다.

"몰라."

"그럼 나보고 무슨 말을 하라고?"

"저녁에 둘이 보통 무슨 얘기를 해?"

"별것 없어. 책 얘기나 뭐."

"책도 안 읽겠대."

"알아. 그건 심각하지."

"뭐가 그렇게 심각한데?"

마츠는 아무 말 없이 누나를 응시했다. 둘은 곧 헤어졌고, 마츠는 안나에게 갔다. 그러고는 아무 맥락 없이 조만간 배들이 바다로 나가리라고, 얼음이 곧 녹으리라고 했다.

안나가 말했다. "이거 봐, 마츠. 카트리가 보내서 나를 위로해 주려고 온 거 알아."

"맞아요."

"그리고 배가 바다로 나가건 말건 나하고는 아무 상관도 없어."

"그렇지 않아요. 상관없지 않다고요." 마츠가 진지하게 답했다. "아세요? 우린 지금 아주 아름다운 배를 만들고 있어요."

"그래."

"그리고 제가 그 배를 설계했다고요." 마츠는 문가에 멈취 섰지만, 딱히 할 이야기가 없었다. 결국 자기가 해야 할 일이 있느냐고 물었다.

"있지." 안나가 대답했다. "저것들을 모조리 빙판에 내다 버려 줘. 집이 너무 좁아서 숨도 못 쉬겠어!"

"좀 아깝네요." 마츠가 반대했다. "비싼 서류철들인데요. 가구와 어울리라고 카트리가 흰색으로 산 거예요."

"내버려." 안나가 말했다. "빙판에 내다 버린 가구가 있는 데에 내버려 줘. 그럼 서로 잘 어울리겠지. 한 번에 같이 가라앉을 테고. 얼음이 풀리고 있다고 했지? 가라앉을 때 가서 구경해야겠다."

안나는 저녁 식사 때에도 나오지 않았지만, 밤늦게 집 안이 어두워지자 냉장고에 먹을 만한 게 있는지 보려고 부엌에 왔다. 카트리의 플라스틱 그릇을 뒤적이기 시작하자마자, 마츠가 문가에 서서 인사를 건넸다. "왔니." 안나가 말했다. "누나가 어떻게 정리했는지 좀 봐라! 이 허접스러운 걸 다 열어 보지 않고서는 안에 뭐가 들었는지 알 수조차 없구나……. 아까 부탁한 것들은 빙판에 내다 버렸니?"

"네, 그랬어요. 그런데 혹시 다른 것들도 내버리고 싶으시면 서두르셔야 해요. 얼음은 언제라도 사라질 수 있으니까요."

"치즈가 안 보이네. 왜 치즈를 플라스틱 그릇에 넣어야 하는지 알 수가 없네. 이것도 물에 가라앉을까?"

"대부분의 것들은 가라앉을 거예요. 어떤 것들은 가라앉기 전에 잠시 떠다닐 수도 있겠지요."

"마츠, 때로는 피곤할 일도 없는데 피곤해져. 배 설계가 어쨌다고 했지?"

"제가 설계했다고요."

"보고 싶은데."

"하지만 저 아래, 조선소에 있어요. 여기엔 초안만 있고요."

"그걸 가지고 와 봐."

"그건 별로예요. 막 그린 거예요."

"마츠, 가서 가져와 봐." 안나가 말했다. "아마 지금 이 순간이 평생 동안 스케치가 뭔지 아는 사람에게 네 스케치를 보여 줄 유일한 기회일 테니까."

안나는 그림을 앞에 놓고 오랫동안 말이 없었다. 설계도를 모두 살펴보았다. 그러고는 마침내 말했다. "이 선은 괜찮네."

"현호라고 불러요." 마츠가 대답했다.

안나는 고개를 끄덕였다. "멋진 단어네. 일터에서 쓰는 전문 용어가 얼마나 아름답고, 현상을 객관적으로 표현할 때가 많은지 생각해 보았니? 직업과 연장의 명칭, 색깔의 이름

같은 것들."

마츠는 안나에게 미소 지었다. 안나는 그림을 하나씩 넘기며, 설계도의 곡선이 굳건하고 끈기 있게 뻗어 나가서 마침내 궁극의 선을 이루는 모습을 보았다. 안나는 이제야 바깥 베란다에서 몰아치는 바람을 보았다. 같은 곡선이었다. 안나가 말했다. "배가 아름답겠어."

마츠는 설명하기 시작했고, 안나에게 배의 내항성과 지력에 관해 연설을 쏟아 놓았다. 마츠가 낯선 전문 용어를 거리낌 없이 사용했음에도 안나는 말없이 주의 깊게 들었으며, 질문으로 그의 말을 가로막지 않았다. 설명을 마친 마츠는 다시 의자에 기대어 팔을 머리 위로 뻗친 채 말했다. "20마력이라고요! 똑바로요! 저 끝까지요!"

"그러게." 안나가 말했다. "저 끝까지. 왜 네가 옛날의 바다 여행 이야기에 더 이상 관심이 없는지 이제 알겠구나. 네 배를 짓고 있으니까."

마츠가 대답했다. "제 거는 아니에요."

"네 배 아니야?"

"아니에요. 설계만 제 것이고, 배는 팔아요."

"누가 사는데?"

"릴리에베리도 아직 몰라요. 그냥 짓는 거예요." 마츠는 일어서서 도면을 말았다.

"잠깐만." 안나가 말했다. "너한테 배가 있다면…… 뭘 하겠니?"

"당연히 바다로 나가야지요. 그리고 오래도록 항해하는 거예요."

"혼자?"

"물론이죠."

안나가 말했다. "나도 배가 있으면 좋겠다고 생각했던 적이 있었어. 바닷가에 정박해 두고, 내가 원하면 아무 때나 탈 수 있는 배 말이야. 남들은 모르게……. 노를 젓는, 하얀색 배를 상상했어. 엔진을 작동시킬 줄 아니?"

"배우고 있어요." 마츠가 대답했다.

뜰로 나가는 문이 열렸다가 닫혔고, 둘은 기다렸다. 카트리가 지나가는 소리가 들렸다.

안나가 물었다. "어렵니?"

"막상 하려고만 하면 어렵지 않지요. 배가 진수되어서 위치를 잡고 나면 최종 검사가 있어요. 그다음에야 엔진 상자, 연료 탱크, 좌석 따위를 고려할 수 있어요. 해먹하고요. 이런 건 다 나중 일예요. 일단 배를 내보낸 뒤, 조선소에 다음 작업을 할 수 있는 자리가 생기는 게 제일 중요해요."

안나는 별로 귀 기울이지 않은 채 말했다. "난 예전에 노가 달린 배를 탔었지. 작은 평저선을 빌려서 혼자 열심히 노를 저었지만 섬들은 너무 멀었고, 저녁 식사 시간에 맞춰 돌아와야만 했어……. 혹시 네가 설계한 배를 내가 사더라도 내가 그 배를 타고 내내 돌아다닐 거라고 생각하지는 마. 아주 드문 일일 테니까. 사실 나는 배가 있음을 아는 것만으로도 충분하지……. 배라는 개념 말이야. 알겠니? 너는 그게 네 배라는 사실을 잊으면 안 돼."

마츠가 말했다. "무슨 말인지 모르겠어요."

"뭘?"

마츠는 그저 머리를 흔들면서 안나를 바라보았다. 모질다고 할 만큼.

"내가 말만 한다고 생각하지." 안나가 조급하게 말했다. "나는 정말로 원하는 게 있으면 끝까지 하고, 다른 모든 것은 무의미하다고 생각해. 그런데 너는 그 점을 몰라. 요새는 무언가를 진심으로 원하는 일이 드물어져서 유감이야……. 난 이 배를 너에게 줄 생각이야. 아니, 이 얘기는 그만하자. 지금은 말이야. 이건 우리 둘 사이의 비밀이 될 거야. 나는 가서 누워야겠다. 오늘은 아주 길고 달게 잠잘 것 같아."

30

"시간 좀 있어요?" 마츠가 물었다.

작업하던 릴리에베리가 눈을 들었고, 이건 개인적인 문제임을 알아챘다. 둘은 조선소 한쪽으로 자리를 옮겼다.

"무슨 일인데."

"저 배, 이미 누구한테 팔기로 약속한 거 아니죠?"

"음, 보기 나름이지."

"제 것이거든요." 마츠가 귀엣말을 했다. "아시겠어요? 저 배는 제 거예요. 제가 가지게 될 거라고요."

"그렇게 결정됐니? 그럼 돈은 어떻게 내고? 이제 확실해진 거야?"

"확실해요."

"음, 그렇게 되었구나." 릴리에베리가 친절하게 말했다. "그럼 걱정하지 마. 우리가 배를 엉뚱한 사람에게 넘기지는 않을 테니까. 다만 이제 내가 다른 사람들에게 말해야 한다는 거지. 익명으로 누군가가 기증했다고 말하면 괜찮게 들릴 거야. 상황만 확실하면."

그날 저녁, 릴리에베리는 배 짓는 창고 밖에 서서 담배를 피우고 있었다. 카트리가 길을 따라왔다. "작은 마녀, 안녕?" 릴리에베리가 말했다. "일은 정리가 되었나 보네."

카트리는 개와 함께 멈추어 섰다. 카트리는 그가 마음에 들었다.

릴리에베리가 말했다. "일이 정말 다 잘되어 가는 것 같네. 선금은 급하지 않아. 나로서는 어쨌건 더 이상 감추고 돌아다니지 않아도 되어서 다행이야. 이젠 배가 마츠 것이라는 사실을 다들 아니까."

카트리는 굳은 듯 정지한 채 물었다. "누가 그래?"

"당연히 마츠지. 확실한 상황이라고 하던데, 뭐 잘못됐어?"

"아니."

"너 피곤해 보인다." 릴리에베리가 말했다. "삶을 그렇게 심각하게 받아들이지 마. 웬만한 일들은 좀 기다리기만 하면 다 알아서 정리된다고."

"그렇지 않아. 아무것도, 단지 기다린다고 정리되지는 않아. 그리고 기다리다가 때를 놓칠 수도 있고." 카트리는 뒤따르는 개를 데리고 마저 길을 갔다. 릴리에베리는 가만히 서서 그들을 바라보며, 뭔가가 이상하다고 생각했다.

카트리는 곳으로 나아가며 연신 개에게 지시했다. 아주 편안하고 낮은 목소리로. 개는 어깨 위의 털을 곤두세우고, 공격할 때처럼 귀를 쫑긋하고는 옆으로 달려왔다. 갑자기 카트리는 침착을 잃고 개에게 소리를 질렀다. 길 가운데에 서서 개에게 소리치고, 온 세상을 향해 소리치고, 자기 힘으로는 이길 수 없는 모든 것들한테 소리쳤다. 실망과 피로에서 우러나오는, 자제할 수 없는 외침이었다. 그러자 개가 짖기 시작했다. 마을에서 카트리 클링의 개가 짖는 소리를 들어 본 사람은 없었다. 사람들은 동네 개들이 짖어 대는 소리엔 익숙했지만, 이건 늑대처럼 큰 개가 짖는 소리였다. 게다가 어디에서나 들릴 만큼 쩌렁쩌렁했으니, 다들 무슨 일인가 하고 놀랐다. 개는 계속 짖었다. 그러고는 천천히 카트리를 따라서 집으로 갔다. 집에 도착한 카트리는 뜰에 개를 묶었지만, 개는 거듭 짖었다.

"카트리, 개가 왜 저래요? 왜 저렇게 짖어요?"

"이젠 제 개가 아니에요." 카트리가 대답했다. "안나가 제게서 빼앗아 갔지요. 그리고 마츠에게는 뭘 어떻게 한 거예요? 저녁마다 같이 앉아서 애들 책들이나 들여다보며 속삭이고, 수작을 걸고는 합의를 했죠…….”

“무슨 말이에요? 무슨 이야기인지 모르겠어요.”

“배 말이에요! 마츠에게 배를 줬잖아요.” 카트리는 가까이 다가섰고, 굳은 얼굴로 소리 없이 울었다. 그리고 말했다. “마츠에게 배를 줬어요. 그건 제가 마츠에게 줄 배였다고요. 그 정도는 이해하셨어야죠.”

“아니, 아니요. 그런 줄은 몰랐어요!” 안나가 외쳤다.

“그러니까 마츠를 위한 놀이 말이에요! 저는 진심이었어요!”

“몰랐어요.” 안나가 거듭 말했다. “이러지 마요. 겁이 나네요…….”

“알아요.” 카트리가 말했다. “다들 안나를 염려해야 해요. 너무나 예민하시거든요. 돈을 경멸하시고요. 돈은 안나에게 아무 의미가 없어요. 남에게 줘 버리고, 품에 낀 채 처박아 두고, 가지고 놀고. 뭘 하시든 남들은 안나를 염려해야 해요. 선물을 주는 일은 즐겁죠. 아니에요? 선물받은 사람들은 기분 좋게 놀라며 고마워하잖아요. 그렇죠? 저는 평생 동안 마츠와 살았고, 마츠를 기쁘게 해 주고자 계속 기다렸어요. 다 적어 두었다고요. 선생님이 인정하신 분명하고 정직한 숫자를요. 맞지요? 제겐 아이디어가 있었어요…….”

"알아요."

안나는 매우 놀랐고, 영문을 전혀 몰라서 외쳤다. "당신은 아이디어가 뭔지 전혀 몰라요! 마츠에겐 아이디어가 있지요. 저한테도 아이디어가 있고요. 우리는 무언가를 만들려고 노력하지만, 당신은 그저 계산할 뿐이에요……. 가세요."

카트리는 말이 없었다.

안나가 말을 이었다. "제게도 아이디어가 있었죠. 전에 말예요. 하지만 이제는 없어요. 개를 좀 조용히 시킬 수 없나요?"

'오, 안나, 개가 울게 두세요. 변덕과 자기기만, 자잘하고 무의식적인 잔인함, 편협하고 손쉬운 회피, 어리석음, 이 모든 것들 중에서도 특히 재치 있고 절망적인, 나의 어리석음에 대한 슬픈 노래를 개가 하늘 끝까지 외치게 두세요. 당신은 제가 무슨 일을 하려고 했는지 영원히 모를 테고, 영원히 이해하지 못할 테니까요!'

카트리는 바닷가로 내려갔다. 마츠가 저편에서 걸어왔다. 마츠가 물었다. "개가 왜 짖어?"

카트리는 대답하지 않았다.

"무슨 일이 있는 것 같은데, 어떻게 할 거야?"

"아무것도 안 해."

"아무것도 안 한다고? 무슨 말이야? 개한테는 누나밖에 없는데!"

카트리는 말했다. "마츠, 부탁인데, 화내지 마. 지금만 좀."

"누나는 신경 쓰이지 않나 보네……."

카트리는 머리를 흔들더니 이윽고 말했다. "저기 바다의 바위들 좀 봐. 꽃처럼 보이지 않아?" 둘은 봄이 되자 물 위로 모습을 드러낸 해안의 바위들을 바라보았다. 사라져 가는 얼음 사이로 바위들이 하나씩 석탄처럼 검게 튀어나왔고, 바위 주위에는 얼음이 거대한 꽃잎처럼 솟아올라 있었다. 카트리가 옳았다. 바위는 정말 꽃처럼, 멀리까지 흩어진 검은 꽃처럼 보였고, 얼음 위로 긴 그림자를 던졌다. 해 질 녘이 되자, 석양은 번쩍이는 금빛 얼음길을 두 사람의 발아래까지 펼쳐 놓았다.

"누나." 마츠가 말했다. "따라오면 뭘 보여 줄게. 하지만 시간이 단 몇 분밖에 없으니까 서둘러야 해."

조선소 안에는 윤을 낸 선체의 표면, 아주 작은 연장들까지도 하나하나 저녁 햇빛을 똑같이 강하고 밝게 반사하고 있었다. 공간 전체가 저무는 해와 편안함으로 가득 차서 어두운 금덩이처럼 빛났다. 카트리는 배를 바라보았다. 아직 만들어지는 중이었고 골격, 격자뿐이었지만 다른 무엇보다도 선명하게 빛났다. 태양은 수평선 아래로 내려앉고, 갖가지 빛깔들도 사라졌다. "고마워." 카트리가 말했다. "나 여기 좀 앉아 있어도 괜찮을까? 물 쪽으로 나가면 되겠지."

"응, 그렇게 해 주면 좋지." 마츠가 대답했다. "걸쇠 잠그는 거 잊지 말고."

31

개는 밤새 짖었다. 때로는 길게 울기도 했다. 아침 무렵
에 카트리는 개를 풀어 주었고, 개는 곧장 숲으로 달려갔다.
잠시 후, 멀리서 짖는 소리가 이어졌다.

다음 날, 개는 토끼를 물어 왔다. 사실 별일은 아니었다.
릴리에베리의 토끼들 중 한 마리가 정해진 날에 목이 비틀리
는 대신, 며칠 빨리 개한테 물려 죽었을 뿐. 다들 식탁에 앉아
있었다. 개는 발로 현관문을 긁었고, 마츠가 들어오게 하자
안나에게로 달려가서 토끼 시체를 그 발밑에 놓았다. 안나는
숟가락을 수프 그릇 위로 떨어뜨렸고 창백해졌다.

"치워." 카트리가 말했다. "마츠, 빨리."

안나는 가만히 앉아서 바닥을 바라보았다. 피가 많이 흐

르지는 않았고, 단지 몇 방울 떨어졌을 뿐이었다. 카트리는 일어나서 냅킨으로 그 끔찍한 핏자국을 덮었다. 그러고는 안나에게 다가가서 말했다. "아무 일도 아니에요. 신경 쓸 일 없어요."

안나는 "그런지도 모르지요."라고 말하고 천천히 수프를 떠먹었다. "가서 앉아요." 이윽고 안나가 말했다. "카트리, 저한테 친절하시네요."

죽은 토끼는 얼음 위로 내던져졌다.

32

개는 밤마다 연신 짖었다. 때로는 아주 멀리서, 때로는 집 가까이에서. 동틀 무렵이면 개는 부르짖었다, 몇 시간 내내 조용할 때도 있었지만. 사람들은 누운 채로 길게 울부짖는 소리를 기다리며 서로 말했다. "들었어? 꼭 숲속에 늑대가 있는 것 같네. 주인이 불행하니 개도 불행하지. 쏴 죽여야 하는데." 카트리는 개 이야기를 하지 않았지만, 뜰에 음식과 물을 내놓았다. 가끔씩 마츠는 밤에 불 꺼진 부엌 창가에 앉아서 문을 열어 놓고 기다렸다. 딱 한 번, 마츠는 새벽녘에 개를 보러 살금살금 계단을 내려가서 개에게 들어오라고 했다. 하지만 개는 다시 숲으로 달려갔고 마츠 역시 그만두었다.

어느 일요일, 뉘고르드 부인이 찾아왔다. 빵을 구워 왔는데, 수건으로 감싼 빵은 여전히 따뜻했다. 뉘고르드 부인이 말했다. "에멜린 양, 함께 식사하고 계신 것 같은데, 카트리가 괜찮다면 우리끼리 좀 대화를 했으면 좋겠네요." 부인은 바로 본론으로 들어갔다. "저는 에멜린 양보다 나이가 많으니까, 보통은 언급 않고 넘어갈 일에 대해서도 용기를 내겠어요. 마을에 소문이 돌아요. 그래서 나는, 여기 토끼집에 와서 무슨 일이 있는지 들어 보는 편이 낫겠다고 생각했지요."

"뭐라고들 하는데요?" 안나가 바로 물었다. "저에 대해서 뭐라고 하나요? 가게 주인이 뭔 말을 하던가요?"

"아니, 자기, 진정해요……."

"다 알아요." 안나가 말을 막았다. "그 사람이죠. 그 사람이에요. 악한 사람, 믿지 못할 사람이에요." 얼굴에 또렷한 홍조가 올랐고, 눈은 촉촉해졌다. 안나는 손님에게 몸을 기울이며 말했다. "그렇지 않아요? 인정하세요. 그 사람이에요. 아니면 릴리에베리겠지요. 그 사람들도 속임수를 쓰죠. 마츠를 속였어요. 마츠는 늘 급여를 너무 적게 받았어요. 다들 아는 일이지요. 그리고 결국 배 이야기지요? 그렇지 않아요?"

부인은 오래 침묵하더니 결국 말했다. "이 집에 뭔가 문제가 있다는 건 알겠네요. 제가 옳았어요. 자, 내 말 들어 봐요. 우리는 자기가 잘 지내는지 궁금할 뿐이에요. 개는 왜 그리 울어 대죠?"

안나는 커피 잔을 밀치며 말했다. "죄송해요. 저는 사실 커피를 좋아한 적이 없어요. 전에는 좋아했…… 아니, 좋아한 다고 생각했는데……. 모르겠어요. 개가 왜 우는지도 모르겠어요. 그 이야기는 안 할래요."

"안나 씨, 배는 안나 씨가 선물한 건가요?"

"아니에요. 카트리의 선물이에요."

"아하, 카트리군요. 오래 돈을 모았나 보죠."

"모았고말고요." 안나가 반발하듯 외쳤다. "카트리는 오래 저축을 했고, 그 내용을 수첩에 다 적었다고요!"

부인은 느릿느릿 고개를 끄덕이며 말했다. "아하, 모든 사람이 다 영리한 건 아니니까요."

안나는 흥분한 채로 계속 말했다. "카트리는 정직하다고요! 믿을 사람은 카트리밖에 없어요!"

"왜 그렇게 흥분하세요? 카트리 클링이 능력 있고 양심적인 아가씨라는 사실은 우리도 다 알잖아요. 자기는……."

안나는 말을 제지했다. "자기라고 좀 하지 마세요……. 잠깐만요. 아무것도 아니에요……." 잠시 뒤 안나는 이건 단지 나이 때문이라고, 자꾸 눈물이 난다고 했다. 그리고 봄빛 때문이라고……. "커피 더 드릴까요?"

"아니, 이걸로 됐어요."

부인은 편안하게 앉아서 팔짱을 꼈다. 마침내 안나는 입을 열고, 한참 동안 자신의 마음을 무겁게 짓눌러 온 문제에 관해 털어놓았다. 자기가 사람들에 대해서 나쁘게 이야기하기 시작했다는 것. "전에는 그런 적이 없어요." 안나가 말했다. "정말이에요. 전혀 없었어요. 엄마에게 '그 집 딸은 독특해요. 누구에 대해서도 나쁘게 이야기하지 않아요.'라고 하던 사람들조차 있었다고요. 기억이 나요. 아주 정확하게 기억나지요. 그런데 왜 그랬을까요? 제가 사람들을 믿었던 걸까요? 아니면 그저 용서했기 때문이었을까요?"

"글쎄요." 뉘고르드 부인이 말했다. "눈이 꽤 오래 쌓여 있네요. 안 그래요?"

"부인은 남을 믿으시죠? 아니에요?"

"그렇지요. 안 믿을 이유가 있겠어요? 사람들이 어떻게 행동하는지 눈에 보이고 귀에 들리지만, 그건 그 사람들 문제지요. 사람들의 말을 불신해서 문제를 더 복잡하게 할 필요는 없잖아요."

"어두워지네요." 안나가 말했다. "더 오래 붙잡지는 않겠어요."

"급한 일 없어요." 부인이 말했다. "그런 시절은 지나갔지요. 어쨌든 갈 때가 된 것 같아요. 때로는 한 번에 말을 너무 많이 하지 않도록 조심해야 하니까요."

그날 밤, 개는 더 이상 울지 않았다.

33

봄이 가까워졌다. 낮에는 나무 밑의 땅이 햇빛을 받아서 김을 뿜었고, 밤은 얼음처럼 차고 깊은 푸른빛이었다. 찬란하도록 아름다운 계절이었다. 배는 거의 완성되었고 진수할 때가 다가왔지만, 토끼집에서는 아무도 배 이야기를 하지 않았다. 솜털오리들이 돌아왔다. 어느 날 밤, 바람이 바뀌더니 바다에서 새삼 불어오기 시작했다. 카트리는 누워서 바람 소리를 들으며, 얼음이 녹기를 기다렸다. 그러면서 바닷가로 놀러가던 시절의 봄밤을 기억했다. 아주 젊었던 때다. 갈매기들이 돌아올 때면 카트리는 해변에서 그것들을 기다리곤 했다. 보통 늘 같은 날 밤이었다.

'그렇지. 언제나 밤이었어. 나는 추운 데 서서 귀를 기울였지. 자연 안에서 밤과 함께 온전히 홀로였으며, 지금과 똑같은 인내심을 발휘했어. 그리고 지금과 똑같이 커다랗고 머나먼 세상에서 계획을 실현하고 정복하는 꿈을 꾸었지. 하지만 이런 꿈들에는 굳건하고 분명한 목적도 없었고, 그저 강렬하기만 했었지. 지금 나는 원하는 게 뭔지 알아.'

카트리는 잠을 이룰 수 없었다. 새벽에 일어나서 옷을 입고 밖으로 나갔다. 바람은 고르게 꾸준히 불어왔지만, 차갑지 않았다. 태양은 이미 떴고, 바닷가와 얼음과 하늘 위 어디에나 편안하고 투명한 무색의 빛이 머무르고 있었다. 카트리는 어선들이 정박하는 부두 끝까지 걸어가서 어두운 얼음들이 물결의 움직임에 따라 떠오르다가 다시 휘어지는 모습을 지켜보았다. 파도는 아주 느릿느릿하고 길게 오르락내리락했다.

'아직은 안 부서지겠다. 얼음은 참 질기지. 해안선에서 멀리 떨어진 바다에는 아마 물이 드러났을 거야. 조만간 진수할 텐데. 왜 마츠는 배 이야기를 안 할까.'

카트리는 곶을 향했다. 반쯤 당도했을 때, 숲이 시작하는 곳에서 개를 보았다. 종종 나무에 가려졌지만, 카트리를 따라왔다. 곶 끄트머리에 다다르자 개는 사라져서 보이지 않았다. 카트리는 계단을 따라서 잠겨 있는 등대의 문까지 올라갔고, 해가 시야에 똑바로 들어왔다. 해안선에서는 얼음이 부서지고 있었다. 얇게 떠다니며 바위에 부딪힐 때마다 사각사각 소리를 냈고, 점점 쌓이다가 깨졌다. 물은 매우 어두웠다.

공격은 소리 없이 닥쳤다. 카트리는 자기에게 다가오는 개의 살해 충동을 느끼고 몸을 등대 벽으로 던진 채 팔로 얼굴을 감쌌다. 개는 어마어마한 힘으로 덮쳤다. 자기 위력을 온전히 사용해 본 적 없는 커다란 짐승에게 걸맞은 힘이었다. 한순간 개의 숨결이 카트리의 목에 따뜻하게 와닿았으며, 묵직한 몸뚱이가 다시 떨어져 나갈 때 개는 발톱으로 시멘트를 긁었다. 둘은 멈춘 채 서로를 바라보았고, 둘의 눈동자는 모두 노란빛이었다. 결국 개가 눈을 돌리더니 꼬리를 내렸다. 단번에 몸을 돌려서 마을 밖 동쪽으로 몸을 날렸다.

카트리가 집에 오니, 마츠는 뒷마당에서 장작을 패고 있다가 바로 말했다. "무슨 일이야?"

"아무 일 아니야."

"누가 외투를 찢었는데?"

"개. 하지만 실패했고, 아무 일 없었어."

마츠가 다가왔다. "계속 아무 일 아니라고 하는데, 개가 어떻게 된 거야?"

"자기 갈 길을 갔어."

"큰일이네. 이제 두 번 다시 돌아오지 않을 거야. 야생 동물이 되겠지. 그렇게는 못 살 텐데. 그런데도 누나는 아무 일 아니라고만 하네."

"내버려 둬." 카트리가 말했다. "나보고 어쩌라는 말이야?"

"신경 좀 쓰라고!" 마츠가 외쳤다. "누나가 신경 써야지! 누나 개잖아! 누나가 개한테 겁을 준 거야."

"마츠, 넌 같은 말을 자꾸 하는구나." 카트리가 말했다. "너는 안나하고 너무 많은 시간을 보냈어. 조심해. 안나는 지금 너한테 좋지 않아." 카트리는 더 이상 말을 자제할 수 없었고, 아끼는 동생에게 마구 퍼부었다. "넌 대체 무슨 생각을 하는 거야! 지금 상황이 뭐라고 생각해? 내가 노력하지 않았어? 나는 정직하게 합의했어. 지키려고 노력했고, 안전이라는 것을 누린 적 없고, 방향이고 뭐고 아무것도 없는 개를 보호해 줬다고! 나는 안심시켜 주고 적절히 지시해 줬어. 무슨 생각이야? 내가 개를 데리고 자신 있게 마을을 다니는 모습을 못 봤어? 우리는 하나의 존재였고, 개는 왕처럼 안전하고 당당했다고! 우리가 지나가면 동네 개들은 다 조용해졌지. 우리는 서로를 믿을 수 있었고, 곤란할 때 상대방을 저버리지도 않았다고. 우리는 하나였고 한 몸이었고, 내가 기대한 건……."

"뭘 기대했는데?"

"모르겠어." 카트리가 말했다. "너희가 나를 믿으리라고, 나를 신뢰하리라고 생각했는지도 모르지……. 나무를 다 패면, 덮어 둬. 창고 뒤에 있는 철판 조각들을 쓰면 돼." 카트리는 현관에서 외투를 둘둘 만 다음, 에멜린 가족이 겨울 장화를 보관하던 함에 깊숙이 넣었다.

34

밤은 이미 훤해졌고, 매일같이 짧아졌다. 카트리는 잠을 이룰 수 없었다. 결국 카트리는 담요로 창문을 가렸지만, 이미 바깥이 봄밤임을 알았으니 그리 도움이 되지는 않았다. 어두움과 잠은 떼려야 뗄 수 없으므로, 해가 떠 있는 밤이면 잠들 수 없고 불안하다.

'마츠는 왜 그토록 내게 화가 났을까. 이해를 못 하나? 나의 모든 행동을, 그리고 한 마디 한 마디를 내가 얼마나 엄밀히 따져 보는지 알 만한데. 온 힘을 다해서 노력한다면, 무엇보다도 그 의도가 인정받아야 하는 거 아닐까? 어떤 결과가 나왔는지보다도? 그리고 무언가를 책임지고 보호하고자 갖은 수를 다 쓰고, 무엇 하나 마음 내키는 대로 하지 않았다면……. 남에게 의존하는 사람들은 그냥 믿어야 해. 중요한 일을 결정하고 안전을 제공하는 그 사람을, 이를테면 지도자를 절대적으로 신뢰하고 간섭하지 말아야 해. 이 점을 이해해야지……. 그리고 개는 왜 덤벼들었을까. 간밤에 왜 그랬지. 그 개는 더 이상 아무도 믿지 않기 때문에 늑대처럼 위험해졌어. 하지만 늑대들은 떼를 지어 다니니까 그래도 잘 살지. 외톨이들만이 쫓기거나 죽임을 당한다…….'

카트리는 뜰로 나갔다. 음식이 그대로인 것을 보니 개는 다녀가지 않았다. 부엌에서 불빛이 흘러나왔다. 안나가 창을 열고 불렀다. "카트리? 카트리예요? 미트볼 남은 거 어디 됐어요?"

"밑에, 오른쪽에요. 네모난 플라스틱 그릇에 있어요."

"카트리도 잠이 안 와요?"

"네. 이제 밤이 훤한 데 적응해야지요."

"전에는 그게 좋았는데." 안나가 말했다. "전에는 좋아하는 게 많았지요." 아주 냉랭한 목소리였다.

"젊었을 때요."

"아니에요." 안나가 대답했다. "그렇게 오래전은 아니에요. 그리고 사실 뭐 먹을 생각은 없어요. 그나저나 이제 그 개 밥그릇은 가지고 들어와도 되겠어요. 개는 돌아오지 않아요. 당신한테서 간섭받지 않으려는 거니까요." 안나는 부엌 조명을 껐다. 바다 쪽 창문을 통해서 응접실 안으로 강한 밤빛이 들어왔다. 뒤에서 카트리가 말했다. "안나, 잠깐만요. 아직 가지 마세요. 안나에게 무슨 일이 있었는지 저한테 말씀해 주실 수 있나요?" 안나가 대답하지 않자 카트리는 거듭 말했다. "무슨 말인지 모르시겠어요?"

"알아요." 대답하는 안나의 목소리가 달라졌다. 동정하는 음성이었다. "무슨 말인지 알아요. 나에게 일어난 일은, 더 이상 땅이 보이지 않는다는 거예요." 그리고 안나는 방으로 가더니 문을 닫았다.

35

아름답고 고요한 봄날 아침, 마츠가 실내로 들어오더니 말했다. "이제 가서 구경할 수 있어요. 헛간을 치웠고, 오늘은 일도 없어요." 마츠는 매우 즐거웠다. 그는 바닷가로 내려가는 동안 카트리와 안나에게, 원래 릴리에베리는 미완성 작업을 절대 남에게 보여 주지 않는다고, 진수 준비가 마무리될 때까지, 심지어 주문한 사람조차 조선소에 들어올 수 없다고 말했다. 당연히 설계는 다른 문제고 그건 몇 번이라도 함께 검토할 수 있지만, 그 이후에는 그저 좋은 결과물이 나오리라고 믿고 맡겨야 한단다, 그게 전문가와 주문자의 차이라고. 조선소에 도착하자 릴리에베리 형제는 멀찍이 작업대 옆에 서 있다가 희미하게나마 예의를 보이며 인사하고는, 마츠에게 안내를 맡겼다. 젊고 열정적인 마츠는 아직 자존심 높은 장인의 침묵에까지는 도달하지 못했다. 바닥은 깨끗했고, 연장들도 모두 제자리에 걸려 있었다. 작업장 가운데에는 베스테르뷔의 허세스러운 W자가 박힌 배만이 있었다. 마츠는 낮은 목소리로 온갖 기술적 특징들을 급히 설명하고 카트리와 안나에게 배를 보여 주면서, 오랜 시간 깊게 고민해야 했던 세부 사항들을 짚어 주었다. 두 여자는 조용하지만 진지하게 들으면서, 훌륭한 작품을 마주할 때 그러듯이 종종 고개를 끄덕였다. 마츠가 마침내 설명을 마치자, 셋은 고물 옆에 섰다.

"그래요, 좋아요." 에드바르드 릴리에베리가 말하며 다가왔다. "그럼 이제 다 확인들 하셨고, 다 제대로 되었지요. 그럼 조만간 진수하겠습니다. 다만 중요한 일이 딱 하나 남았는데, 배를 뭐라고 부르느냐 하는 문제예요. 이름을 뭐라 붙이시겠어요?"

아무도 입을 열지 않았다. 결국 안나가 고물에 손을 얹고는 말했다. "카트리라고 하면 어때요. 배 이름으로 좋아요. 그리고 이 배는 카트리가 마츠에게 선물하는 거니까요."

"괜찮게 들리네요." 에드바르드가 말했다. "그럼 배가 진수될 때, 그 이름으로 건배할 수 있겠네요." 그의 동생들이 곁에 와서 악수했고, 배의 이름을 어디에 쓸지, 뒤쪽에, 앞쪽에, 아니면 선실 옆에 넣을지, 놋쇠로 명패를 박을지, 나무에 새

길지 토론하기 시작했다. 갑자기 안나가 물었다. "그런데 카트리는 어디 갔지요?"

"먼저 갔는지도 모르지요." 동생들 중 하나가 대꾸하면서, 인사라도 하고 가지, 하고 중얼거렸다. 배에 자기 이름을 붙이는 것은 아주 드문 일이지 않은가.

에드바르드가 말했다. "그럼 이쯤에서 마치고, 오늘은 쉬기로 하지요. 다들 만족하셨다니 기쁘네요."

안나와 마츠는 집으로 돌아왔다. 언덕길은 질퍽했고 곳곳에서 물이 흘렀다.

"잠깐만 쉬자." 안나가 말했다. "언덕이 해마다 힘들어지네. 점점 심해져."

마츠가 머뭇거리며 말했다. "제가 모르겠는 게 하나 있어요. 예전에, 저녁에 배 이야기를 할 때, 아줌마가 한 말은……."

안나가 말을 가로막았다. "그래, 그래, 사람들은 이런 말도 하고 저런 말도 하지. 내가 실수를 했어. 네 누나는 너에게 이 배를 사 주려고 아주 오랫동안 돈을 모았단다. 그리고 한 가지 더 말하자면, 나는 아줌마가 아니야. 안나라고. 이제 이런저런 일 신경 쓰지 말고, 해먹하고 엔진 상자하고 또 뭐더라, 아직 더 필요한 것들을 어떻게 할지나 생각하렴."

카트리는 방으로 돌아오자마자 모형 배를 바라보았다.

하늘을 등지고 창가에 선 그 작은 배는 마츠가 세워 둔 것이다. 문을 닫고 가까이 다가가서 보니, 세부까지 정확한 배의 모형이었다. 마츠는 꽤 오랫동안 이 모형을 만들었으리라. 같은 목재를 사용했고, 배를 매는 밧줄이나 해먹, 엔진 상자까지 어느 하나 빠지지 않았다. 쇠붙이로 보이는 부품들은 놋쇠였다. 배 전면에는 글을 새길 때 사용하는 고전적인 글씨체로 이름이 박혀 있었는데, 바로 카트리였다.

다들 돌아왔다. 안나는 자기 방으로 갔고, 마츠는 계단을 올라갔다. 카트리는 그 소리를 듣고서 바로 맞으러 나갔지만 다시 소심해졌고, 무슨 말을 해야 좋을지 알 수 없었다. 그 망설임은 마츠가 문을 열기 직전에야 사라졌고, 카트리는 뛰어나와서 동생을 힘차게 팔로 안았다. 짧은 한순간이었고, 아무 말도 하지 않았다. 카트리가 동생을 껴안을 용기를 낸 것은 이번이 처음이었다.

저녁이 다가오자 바람은 잦아들었고 아주 고요해졌다. 때때로 멀리 마을에서 개 짖는 소리가 들릴 뿐이었다. 아래층 안나의 방에서는 하루 종일 소리가 없었다.
'알겠어. 다시 누워 버렸구나. 더 이상 땅이 보이지 않고 달리 무엇도 하고 싶지 않으니까. 그냥 이불이나 뒤집어쓰고 잠드는 거지. 안나는 자신의 무게로 나를 짓누르지. 안나 에멜린, 저 사람은 계속 저기 있으면서 그 무게로 내리눌러. 옛날 집에 있던 개가 생각난다. 닭을 죽였던 그 개. 사람들은 죽은 닭을 그 개의 목에 매달았고, 그렇게 닭은 종일 매달려 있었지. 결국 개는 불안해하다가 부끄러움의 늪에 빠져서 눈을 감았어. 끔찍한 일이었지. 양심을 불편하게 만들기만큼 쉬운 일은 없어……. 이 일도 그렇게 지속될까? 아마 그렇겠지. 안나는 세상이 자기 생각과 다르다며 포기하고 이불 속에 숨어서, 지친 사람은 오직 자기뿐이라고 믿는 걸까? 내가 잘못했나? 대체 인간은 얼마큼 눈을 가린 채 살아갈 수 있는 거지? 안나 에멜린은 도대체 뭘 기대하는 거야? 내가 뭘 더 어떻게 하기를 바라는지……. 안나가 정말 자신을 그런 사람이라 생각한다면, 전부 잘못된 거야. 그러면 안나 스스로 깨닫게 하려고 내가 했던 모든 말과 행위는 다 악한 일이 돼 버려. 하지만 안나도 모르는 사이에 순진함은 잃은 지 오래야. 안나는 여전히 풀만 먹지만, 육식 동물의 표정을 짓고 있어. 그런데 자기는 모르지. 아무도 말해 주지 않았으니까. 누구든 그런 용기를 각오할 만큼 안나에게 신경 쓰지 않았는지도 모른다. 어떻게 하지? 진실은 몇 가지나 되며, 무엇이 진실을 진실로 만들지? 사람들이 믿는 것? 사람들이 이뤄 내는 결과? 자기기만을 통해서? 중요한 건 결과뿐인가? 더는 모르겠다.'

아래층에서 안나의 지팡이가 달그락거렸다. 여러 차례, 성난 듯이. 카트리가 내려가 보니, 안나는 이불을 몸에 감싼 채 침대에 앉아서 물었다. "위에서 뭐 해요? 몇 시간째 왔다 갔다 하고 있잖아요! 저는 좀 자려고 하는데요."

"알아요." 카트리가 말했다. "잠만 자죠. 자고 또 자고. 모든 게 자기 생각과 다르다고 하루하루 잠만 자는 모습을 보면 제 속이 편할 거 같으세요?"

"무슨 소리예요?" 안나가 말했다. "이번에는 또 무슨 설교할 구실을 찾은 거예요? 이 집은 하루도 평화로울 날이 없군요. 마츠의 배를 생각하면 기쁘지 않아요?"

"기쁘지요. 안나, 마츠의 배 덕분에 기뻐요. 아주 관대하게 행동하셨어요. 사실 더 정확하게 말하자면, 공정했던 거지요."

"아, 그런가요." 안나가 언짢다는 듯 말했다. "잠자려 했는데, 뭐가 그리 잘못되었나요? 어쨌건 이제 저를 깨웠네요. 좀 차분히 앉아 봐요. 뭐가 문제인가요?"

"안나에 대해서 할 말이 있어요. 중요한 거예요."

"또 고무 협회 이야기라면……." 안나가 운을 뗐다.

"아니에요. 훨씬 중요해요. 귀 기울여서 잘 들어요. 저는 안나에게 정직하지 않았어요. 제가 처음부터 거짓말을 했음을 아셔야 해요. 저는 다른 사람들에 대해서 옳지 않은 이야기를 했어요. 제가 잘못한 부분이고, 이제 안나 앞에서 고백해야 하지요. 지금으로서는 어찌할 수 없지만, 그래도 이야기는 해야 해요." 카트리는 아주 빠르게 말을 쏟아 냈다. 문가에 서서 안나 너머의 벽을 바라보면서.

"놀라운 일이네요." 안나가 말했다. "정말 놀라워요." 그러고는 일어나서 옷매무새를 가다듬더니 이불을 제자리로 치웠다. "카트리는 놀라운 사람이에요. 가끔이지만 당신이 세상에서 가장 진지한 사람이라고 생각한 적도 있었지요. 다른 사람들은 그냥 수다나 늘어놓지만, 카트리는 생각을 드러내요. 단 한 가지 재미있는 점은, 돌연 아무도 기대하지 않은 말을 한다는 거지요. 지금 재미있자고 하는 말인가요?"

"아니에요." 카트리가 미소 없이 대답했다.

"지금 한 말을 다시 할 수 있나요?"

"없어요."

"결국 저를 바보로 만들었다는 이야기네요."

"그렇지요."

"그럼 또 무슨 뜻인가요?"

"그러니까 다른 사람들이 안나를 속이지 않았다는 거예요." 카트리가 힘겹게 말했다. "다른 사람들이란 안나와 관계 있는 사람들이에요. 주위 사람들도 있고 편지를 주고받는 사람들도 있지요. 그 사람들은 안나를 속이지 않았어요. 다시 그 사람들을 믿어도 돼요."

"담배를 들고 앉아요." 안나가 말했다. "거기 서서 그렇게 바라보지 말고요. 재떨이 여기 있어요. 예컨대 가게 주인과 릴리에베리 말인가요?"

"그래요."

"혹시 그 말도 안 되는 순드블롬 부인은요?" 안나는 소리 내어 웃었다.

"안나, 이건 심각한 일이에요. 아주 중요하다고요."

안나는 돌연 적대적이면서도 명랑하게 말했다. "중요하다고요? 중요하다는 게 무슨 뜻인가요? 의미 있다는 말인가요? 그 플라스틱 회사 이야기인가요? 그 사람들도 나를 안 속였다고요? 다들 나를 안 속였다고요? 다들 제 출판사만큼 괜찮은 사람들이었네요? 처음부터 버릇이 나빠서 이것저것 다 가지려고만 하는 그 아이들과 마찬가지로 순수했네요……? 대체 무슨 이야기를 하는 거예요? 저한테 무슨 말을 하려는 거지요?"

"안나, 제발……."

"그 사람들이 나를 안 속였다고요? 아무도요?"

"아무도요."

"당신은 정말 이상한 사람이에요." 안나가 말했다. "계산을 하고 증명을 하지요. 모든 사람들에게서 악한 점을 찾아낸

다음, 제가 믿도록 했어요. 그러더니 이제 와서 그게 다 사실이 아니라고 말하는 거예요? 대체 왜 그러는 거예요?"

둘은 벽에 닿아 있는 작은 탁자 옆, 의자에 마주 앉았다. 안나는 카트리를 뜯어보았고, 불현듯이 카트리처럼 우울한 사람을 본 적 없다는 생각마저 들었다. 안나는 물었다. "그냥 위로하려고 하는 말인가요?"

"이제야 의심하시네요." 카트리가 말했다. "한 가지는 믿어도 돼요. 저는 단지 위로하려고 이런 말을 하지는 않아요. 안나가 믿으실 때까지 제 말을 반복할 수도 있어요."

"그래도 끝까지 못 믿는다면요?"

"그렇게는 못 하실 거예요."

카트리는 탁자 위로 몸을 내밀면서 말했다. "카트리, 당신에 대해서도 할 말이 있지요. 그건 당신이……." 안나는 어떻게 표현해야 할지 고민하다가 다시 말을 이었다. "너무 절대적이라는 거예요. 그건 아무짝에도 도움이 안 돼요. 일단 좀 쉬면 어때요?" 그리고 카트리의 손에 자기 손을 얹었다. "몇 시간만요. 그럼 좀 분명해질지도 모르지요."

"너무 절대적이라고요?" 카트리가 따라서 말했다. "그리고 아무짝에도 도움이 안 된다고요?" 그러고는 담배를 끄더니 말했다. "너무 절대적인 사람이 있다면 그건 안나예요. 그리고 그건 바로 당신이 원하는 대로 사는 데에 도움이 되지요.

전 알아요. 안나에게 편지를 쓸게요."

"편지는 그만……."

"딱 하나만요. 그리고 이 편지는 장롱 속에 처박아 두면 안 돼요. 저는 제가 틀렸음을 증명해 보이겠어요. 말씀하신 대로, 저는 계산할 줄 알고 증명할 수 있으니까요. 제가 틀렸다는 사실을 세세한 부분까지 확신하게 되실 거예요."

"카트리." 안나가 말했다. "그래도 가서 좀 쉬면 안 되겠어요? 오늘은 정말 긴 하루였어요."

"그래요." 카트리가 말했다. "정말 길었어요. 이제 갈게요."

36

방으로 돌아온 카트리는 침대 아래에서 큰 여행 가방을
꺼냈다. 가방을 열고는 한참 동안 침대에 걸터앉아서 귀를 기
울였다. 아주 고요한 저녁이었다. 편안한 침묵마저 어떻게 해
야 좋을지 답을 주지 않았다. 말과 그림, 하지 않은 말과 성급
한 말, 눈에 보이지 않는 그림과 너무 또렷한 그림이 머릿속
을 스쳐 갔다. 마침내 카트리의 기억에 남은 것은 개, 불길한
늑대 가죽을 뒤집어쓰고 쉴 새 없이 계속 달려가는 개였다.

37

조심스레 고른 중요한 아침, 안나는 아주 일찍부터 일을 하러 나갔다. 전날, 안나는 장소를 선택하고, 팔레트와 물통을 쓸 수 있을 만큼 충분히 낮은 의자를 가져다 놓았다. 이젤은 너무 눈에 띄는 도구이므로 안나는 사용하지 않았다. 안나는 그저 무릎에 판을 하나 놓고, 거기에 종이 한 장을 펼치고서 최대한 은밀히 작업하기를 바랐다. 빛은 아침때가 가장 좋았다. 물론 색채가 깊어지는 저녁도 괜찮았지만, 그림자가 희미해지고 사라지기 전에 기회를 잡아야 했다.

안나는 가만히 앉아서 아침 안개가 숲에서 멀어지기를 기다렸다. 안나가 필요로 하던 침묵은 온전했다. 산만한 모든 것들이 들판에서 사라지자, 이제 움트려고 오래도록 기다려

온 생명체들이 축축하고 검은 땅에서 드러났다. 그 땅을 꽃무
늬 토끼로 어지럽힐 수는 없었다.

옮긴이 **안미란** 서울대학교 국어교육과를 졸업하고 독일 킬 대학교 언어학과에서 박사 학위를 받았다. 이탈리아 라 사피엔차 로마 대학교에서 강의했으며 현재 주한독일문화원에서 근무하고 있다.

토베 얀손의 『여름의 책』과 『두 손 가벼운 여행』, 헨리크 입센의 『인형의 집』, 로테 하메르와 쇠렌 하메르의 『숨겨진 야수』와 『모든 것에는 대가가 흐른다』, 크누트 함순의 『땅의 혜택』, 글렌 링트베드의 『오래 슬퍼하지 마』를 비롯하여 여러 스칸디나비아권 도서를 우리말로 옮겼다.

정직한 사기꾼

1판 1쇄 찍음 2021년 11월 19일
1판 1쇄 펴냄 2021년 11월 26일

지은이 토베 얀손
옮긴이 안미란
발행인 박근섭·박상준
펴낸곳 **(주)민음사**

출판등록 1966. 5. 19. 제16-490호
주소 서울시 강남구 도산대로1길 62 (신사동)
강남출판문화센터 5층 (06027)
대표전화 02-515-2000 | 팩시밀리 02-515-2007
홈페이지 www.minumsa.com

한국어판 ⓒ **(주)민음사**, 2021. Printed in Seoul, Korea
ISBN 978-89-374-1775-7 (03850)

＊잘못 만들어진 책은 구입처에서 교환해 드립니다.